Harlequin

SERIE CLUB

Elle se promenait
le long de la plage,
lorsqu'elle trouva
une vieille bouteille
rejetée par les flots.
Intriguée, elle ôta le bouchon...
un génie gigantesque s'en échappa !
— Vous m'avez délivré, lui dit-il.
Quelles sont les trois choses
dont vous rêvez le plus souvent ?
Sans hésiter, elle répondit :
— *Je rêve d'amour, d'aventure
et d'évasion.*
Aussitôt, le génie fit claquer ses doigts
et des centaines de romans
Harlequin apparurent !
La jeune fille était ravie.
Que pouvait-elle espérer de mieux ?

Un baiser sous l'orage

Elizabeth Hunter

ÉDITIONS HARLEQUIN

Cet ouvrage a été publié en langue anglaise sous le titre :

THE VOICE IN THE THUNDER

48, avenue Victor-Hugo, Paris XVIe – Tél. : 500-65-00
ISBN 2-280-01011-9
ISSN 0223-3797

1

C'était l'un de ces jours ensoleillés et nuageux à la fois, où de soudaines bourrasques de vent font plier impitoyablement la cime des arbres. L'une de ces bourrasques souleva les cheveux de Tania Drummond et plaqua sa jupe contre ses jambes. La jeune femme leva les yeux vers le ciel, s'arrêtant à mi-hauteur de l'escalier monumental. Dans un instant, des trombes d'eau allaient se déverser sur le palais en ruine : c'était certain. Elle s'apprêtait à reprendre sa montée lorsque tout à coup, des mains la saisirent par la taille, la soulevèrent et la déposèrent dans la cour inférieure; abritée sous les pans d'un vaste imperméable, elle se retrouva étroitement serrée contre la poitrine d'un homme qu'elle n'avait jamais vu auparavant.

— Je vous en prie! protesta-t-elle. L'averse ne m'effraie pas.

L'inconnu eut un rire léger, immédiatement étouffé par le grondement du tonnerre. Tania essaya à nouveau de se dégager.

— Ainsi, murmura l'homme, vous êtes anglaise, et non pas grecque. Une beauté anglaise en détresse!

La « beauté anglaise » fronça les sourcils à l'énoncé du compliment. Elle le trouvait ridicule, n'étant pas une « beauté » au sens classique. Cependant, l'inconnu s'était exprimé sur un ton définitif semblant indiquer qu'il n'avait pas coutume d'être contredit. Tania en était d'autant plus irritée ; d'ordinaire, elle aimait juger d'une situation sur les indications de son cerveau et pas de ses émotions. Or, en ce moment précis, sa raison semblait lui refuser tout service. Cette étreinte qui l'empêchait de se mouvoir lui déplaisait profondément.

— Je ne me sens absolument pas en « détresse », fit-elle d'un ton froid. Lâchez-moi.

— Vous serez mouillée, objecta-t-il.

— Aucune importance.

Pourquoi la maintenait-il ainsi ? Il était exaspérant de ne pas comprendre ; et tout aussi exaspérant, en fait, était le sentiment étrange qu'elle ressentait au contact de cet homme. Une tension nerveuse d'un genre nouveau l'envahissait, la laissant complètement désemparée.

— Venez, suggéra-t-il. Il pleut un peu moins fort. Mettons-nous à couvert avant la prochaine rafale.

Il l'entraîna vers une petite pièce de l'ancien palais, et s'écarta légèrement pour mieux la contempler. Elle aurait aimé pouvoir faire preuve de la même nonchalance arrogante : mais sa réticence naturelle l'en empêchait. Elle se contenta de baisser les yeux, tout en l'épiant à travers le filtre de ses longs cils. A vrai dire, l'homme était plutôt agréable d'aspect. Un peu plus grand qu'elle, solidement charpenté, il portait ses cheveux, d'un noir d'encre, assez courts. Ils ondulaient naturellement, mettant en valeur son profil de médaille grecque et ses lèvres au dessin charnu et sensuel. Son regard sombre paraissait mélancolique au premier abord ; mais une nuance moqueuse corrigeait vite cette impression.

Leurs yeux se rencontrèrent, et Tania ne put retenir une légère grimace. L'homme lui adressa un sourire ironique.

— Peut-être, effectivement, n'êtes-vous pas en détresse, prononça-t-il. Cependant, vous êtes indéniablement une beauté. Que faites-vous donc seule à Mallia ? N'êtes-vous pas accompagnée par des amis ?

— Je suis venue seule en Crète, répondit-elle en haussant les épaules. Je préfère visiter les sites archéologiques en toute liberté, d'autant plus que je les connais bien. J'ai beaucoup étudié la civilisation minoenne.

— Il n'empêche, objecta son interlocuteur. Vous vous exposez, en vous promenant ainsi, à des rencontres déplaisantes...

— Comme la vôtre, par exemple ?

— Non ! J'en aurais fait autant pour un enfant perdu dans l'orage... Où habitez-vous ?

Tania ouvrit la bouche, puis changea d'avis et se tut. Après tout, il lui était totalement inconnu.

— Cela ne vous concerne pas, dit-elle enfin.

— Je trouverai votre adresse de toute façon, vous savez. Les touristes sont rares, par ici, au mois d'octobre. En attendant, suivez mon conseil, et faites-vous accompagner dans vos excursions.

Il inspecta le ciel et annonça :

— L'orage est terminé. Puis-je vous conduire à votre hôtel ?

La jeune femme secoua négativement la tête.

— Je n'ai pas fini de visiter les ruines, objecta-t-elle. En outre, je n'ai pas peur de rester seule. De nos jours. les femmes sont capables de se débrouiller, tout de même !

Un éclair s'alluma dans le regard de l'homme. Il était trop tard pour revenir sur les paroles qu'elle venait de prononcer.

— En Crète, murmura-t-il doucement, vous devez vous montrer prudente. Ou bien vous risquez d'avoir des ennuis.

Tout en parlant, il saisit les poignets de Tania et l'attira à lui ; puis il effleura ses lèvres d'un léger baiser qu'elle ne se sentit pas la force de repousser. D'autres l'avaient embrassée auparavant, certes; mais jamais avec un feu comparable. Elle était envahie d'un trouble nouveau, étrange et déconcertant. L'inconnu resserra son étreinte, prolongea le baiser passionné puis la relâcha enfin.

— Que vous arrive-t-il? lança-t-elle aussitôt, encore haletante. Je ne vous ai rien demandé! Vous vous conduisez de façon ridicule. Nous ne nous connaissons même pas...

— Mon geste vous a évité d'avoir à me dire merci, répliqua-t-il avec un rire sonore.

— Je n'ai aucune raison de vous remercier! s'exclama-t-elle.

— Votre réaction a donc dépassé votre pensée... lança-t-il avec ironie.

Tania garda le silence, secrètement humiliée d'être percée à jour. Elle s'étonnait elle-même; d'ordinaire, elle avait mieux à faire que de répondre aux avances variées de l'autre sexe. Deux choses, dans sa vie, passaient avant toutes les autres : son travail, et Fergus. Fergus! Elle l'avait oublié... Comment jugerait-il sa sœur, s'il la voyait en ce moment même, les joues rouges d'avoir embrassé un Crétois inconnu?

Néanmoins, elle se ressaisit et décida de contre-attaquer.

— N'était-ce pas la réaction que vous souhaitiez? demanda-t-elle, les yeux innocents.

— Pas vraiment, rétorqua-t-il d'un air pensif.

— Je suis désolée de vous avoir déçu, fit-elle du tac au tac, usant d'ironie à son tour.

— Il faut nuancer, expliqua-t-il. Ce n'est pas votre baiser qui m'a déçu, loin de là. C'est plutôt l'aisance et la facilité avec laquelle vous vous laissez embrasser par un étranger... Si vous faisiez partie de ma famille, je prendrais bien soin de ne pas vous laisser courir les routes de Crète, à la merci de n'importe qui. Vous êtes beaucoup trop jolie pour cela... Vous devriez être mariée à un homme qui prendrait soin de vous protéger.

— Il se trouve, répondit-elle avec une fureur croissante, que je tiens à ma liberté...

Son interlocuteur écarta les mains dans un geste d'incompréhension.

— Quelle liberté ? interrogea-t-il.

— Celle d'exercer ma profession, d'être moi-même...

— Une femme n'est pas vraiment elle-même sans un homme à ses côtés, objecta-t-il en riant. Quel est votre nom, *thespinis ?*

— Tania... Partez, je vous en prie ! insista-t-elle, exaspérée. En voilà assez !

— Tania, répéta-t-il rêveusement. C'est un prénom ravissant. Je m'appelle pour ma part Titos Michalakis. Titus, de son nom latin, était le premier évêque de Crète ; il est resté le saint patron de l'île. Le saviez-vous ?

— Oui, laissa-t-elle tomber. Saint Paul lui a dit : « Tout est pur pour les âmes pures. »

Le nom de Titos Michalakis trottait dans la tête de la jeune femme. Elle fronça les sourcils. Elena ne se nommait-elle pas Michalakis, elle aussi, avant d'épouser Fergus ? Ce n'était pas sûr ; tous ces noms crétois en « -akis » se ressemblaient tellement...

— Avez-vous une sœur ? demanda-t-elle.

— J'en ai deux, répliqua-t-il, l'air surpris. Pourquoi cette question ?

— Pour rien, je vous remercie.

Elle lui tendit la main et ajouta :

— Je dois partir. Au revoir.

— Au revoir, Tania. A très bientôt, je l'espère... Lorsque nous nous reverrons, vous comprendrez peut-être pourquoi mon nom vous est si familier. En attendant, prenez garde à vous.

Elle hocha la tête sans émettre un son, certaine à

présent que cet homme était bien son beau-frère ; et tout ce que Fergus lui en avait dit se pressait soudain à son esprit. Titos Michalakis s'était montré très dur envers sa sœur, Elena. Mécontent de la voir épouser un Anglais, il s'était efforcé de la priver de sa part d'héritage, se résignant difficilement à donner les titres de propriété de la villa à Fergus.

Mais tout cela n'était encore rien. Selon les coutumes grecques, le témoin du marié lors d'un mariage jouait par la suite un rôle très important dans toute la vie du couple : il donnait son avis, intervenait dans la moindre décision, veillait sur les enfants... Or, Fergus avait eu le malheur de demander à Titos d'exercer cette fonction de *koumbaros* lors du mariage. Les deux hommes se trouvaient donc en conflit perpétuel, et Tania craignait que Michalakis ne se sente obligé de la protéger en l'absence de Fergus, attitude qui rentrait dans les devoirs du *koumbaros.* La jeune archéologue frissonna : elle ne supporterait aucune entrave à ses allées et venues, ni à son travail. Tania Drummond s'était toujours débrouillée seule, et elle avait la plus ferme intention de continuer ainsi dans le futur.

Secouant la tête pour se ressaisir, elle décida de poursuivre son exploration. Un roulement de tonnerre gronda dans le lointain. Avec un demi-sourire, elle se souvint que le tonnerre, dans l'antiquité, symbolisait la voix de Zeus. L'image du dieu grec se forma dans son imagination : sombre, immense, il avait le visage austère de Titos Michalakis... Il fallait oublier ce baiser échangé pendant l'orage, songea-t-elle en rougissant malgré elle. Avant de partir pour l'Amérique du sud. Fergus lui avait demandé de venir terminer l'étude archéologique qu'il préparait sur la Crète, et elle devait se concentrer sur ce travail. Cela seul comptait. Comme à l'habitude, son frère avait laissé des notes très incomplètes, et quasiment illisibles ; mais cela n'avait pas d'importance. Elle avait déjà rédigé la plupart des livres publiés sous le nom de Fergus Drummond, et elle était heureuse de contribuer à la réputation de brillant archéologue du jeune homme.

D'ailleurs, le mariage de ce dernier avec Elena avait constitué pour Tania un véritable traumatisme. Il était parti pour le Pérou sans la revoir, et lui et sa femme étaient à présent portés disparus. On avait perdu leur trace...

Décidément, cet après-midi orageux suscitait de bien tristes pensées... La jeune Anglaise s'efforça de retrouver la maîtrise de ses émotions. Ses pas l'avaient conduite vers un massif autel de pierre, et elle s'absorba dans sa contemplation. Une sorte de bassin circulaire avait été creusé au centre du plateau, et l'on avait sculpté tout autour une guirlande de cercles plus petits. Il s'agissait certainement d'un autel destiné aux offrandes. On y invoquait la déesse de la fertilité en posant des graines et des semences sur chacun des petits cercles. Tania fit une légère grimace : Fergus avait eu à propos de cette table une interprétation tout à fait différente, elle se le rappelait. Il était profondément désagréable de ne pas tomber d'accord avec lui.

Une goutte de pluie s'écrasa sur la surface polie. L'orage reprenait avec vigueur. Irritée, Tania Drummond se surprit à songer encore au Crétois, Titos. Le souvenir de l'homme continuait à s'imposer avec insistance...

— L'averse est très forte, *thespinis,* fit une voix. Venez avec moi, je vais vous raccompagner à la villa.

La jeune femme sursauta et se retourna vivement. Un petit garçon lui faisait face, souriant de toutes ses dents. Il avait un visage ouvert, et une masse de cheveux bruns et bouclés, ressemblant indéniablement à ceux de Titos Michalakis.

— Qui es-tu ? questionna-t-elle gentiment.

— Je m'appelle Minos, expliqua-t-il. Vous, vous êtes la sœur de Kyrios Fergus, on me l'a dit. Fergus m'a appris à parler anglais. Je le parle bien, n'est-ce pas ? Il me faisait travailler pour lui ; maintenant, je travaillerai pour vous, si vous voulez.

— Mais tu devrais être à l'école, Minos !

L'enfant secoua la tête.

— Non, fit-il. Je dois m'occuper de ma mère. Elle veut aller en Amérique, et je l'aide à gagner l'argent du voyage.

— Et ton père ?

— Je n'en ai pas, dit-il en haussant les épaules. Venez, *thespinis,* il faut rentrer, et *kyrios* Titos est déjà parti.

Avait-il été témoin de toute la scène entre elle et le Crétois ? Tania ne put s'empêcher de rougir encore à cette idée.

— Je suis bien soulagée qu'il soit parti ! s'exclama-t-elle. C'est un véritable mufle...

Le sourire du petit garçon s'élargit.

— Vous êtes très jolie, Miss, répliqua-t-il. Il a eu raison de vous embrasser. Je l'aurais fait moi-même si j'étais plus vieux.

Son interlocutrice lui adressa un regard éberlué.

— Quel âge as-tu donc ? demanda-t-elle.

— Hélas, soupira-t-il, je suis encore petit, mais je peux vous protéger contre les indésirables. Cela ne vous coûtera pas cher, vous verrez ; à peine quelques drachmes...

— Peux-tu me « protéger » de Titos Michalakis ? questionna-t-elle en souriant intérieurement.

Minos perdit un peu de son assurance.

— Il est le *koumbaros* de votre frère, balbutia-t-il. Il sera furieux d'apprendre qu'il vous a embrassée avant de savoir qui vous étiez. Titos a le droit de vous surveiller, et il vous interdira certainement de vous promener seule...

— Cela m'étonnerait ! protesta-t-elle. Titos Michalakis n'a aucun droit sur moi !

L'enfant la tira par la manche, et ils s'engagèrent dans le sentier menant à la villa. Elle suivit machinalement.

— Si vous ne lui obéissez pas, reprit le petit garçon, il se mettra très en colère après vous...

Tania, trop occupée à garder son équilibre entre les cailloux et les racines du chemin, ne répondit pas. En Angleterre, elle ne se déplaçait jamais sans sa voiture ; mais depuis son arrivée en Crète elle avait décidé de marcher beaucoup. Le climat automnal, chaud mais agréablement rafraîchi par les pluies, s'y prêtait à merveille.

La villa apparut entre les arbres. Elle était admirablement située, à mi-hauteur d'une colline, et dominait les eaux éternellement turquoise de la Méditerranée. C'était un bâtiment gracieux, blanc et aérien, entouré d'un jardin où les fleurs poussaient à profusion. La jeune archéologue ne détestait qu'une seule chose dans la maison : les fresques aux couleurs criardes, mauvaises copies de fresques minoennes, suspendues sur tous les murs de la salle à manger.

— Aimerais-tu boire un coca-cola ? suggéra-t-elle à Minos, une fois dans la cuisine.

— Je préférerais un café, s'il vous plaît, fit-il dignement. Ne vous dérangez pas, je peux le faire moi-même.

Il s'empara avec autorité de la cafetière et s'acquitta de sa tâche avec sérieux. Tania en était très amusée.

— Où ta mère habite-t-elle ? interrogea-t-elle.

— Tout près d'ici.

L'enfant se retourna et considéra la pièce d'un œil critique.

— Vous avez besoin de quelqu'un pour faire le ménage, annonça-t-il. Je vais dire à ma mère de venir.

— Comprend-elle l'anglais ?

— Oui, assez bien. Vous pourrez lui apprendre le

reste ! Elle en a besoin pour aller en Amérique... Elle fait très bien la cuisine, vous savez. Son nom est Anna.

Tania se laissa convaincre ; elle aurait ainsi plus de temps à consacrer à ses activités. Il fallait espérer qu'Anna demanderait un dédommagement raisonnable.

Minos disposa deux tasses minuscules sur un plateau, prépara deux verres d'eau fraîche à côté, puis emplit les tasses d'un café épais et très noir.

— Prenez place, *thespinis,* invita-t-il.

Tania prit un siège, se résignant à obéir.

— Pourquoi ne pas m'appeler Miss Drummond, ou même Tania ? conseilla-t-elle.

— En principe, je ne peux pas vous appeler Kyria Tania, vous n'êtes pas encore mariée. Quant à « Miss Drummond », je n'arrive pas à le prononcer !

— Alors, choisis tout simplement « Tania ». Ce mot de *thespinis* ne me plaît pas. C'est celui que Titos Michalakis a employé...

— Vraiment ? Il a dû deviner que vous étiez célibataire. Quant à moi, je vous appellerai Kyria Tania, et je dirai à ma mère de faire de même. Ce sera plus simple.

La jeune femme ne pût s'empêcher de rire devant l'obstination du garçon, et ce dernier éclata de rire à son tour. Au même instant, un coup frappé à la porte les interrompit. L'archéologue sauta sur ses pieds, mais déjà le battant était projeté contre le mur, et un homme se profilait dans l'embrasure.

C'était Titos, le visage sombre.

— C'est donc vous, Tania Drummond ! lança-t-il amèrement.

— Oui, fit-elle brièvement, s'assurant d'un coup d'œil rapide de la présence de Minos à ses côtés.

— Pourquoi ne pas me l'avoir révélé ?

— Cela aurait-il fait une quelconque différence ? interrogea-t-elle calmement.

— Naturellement ! Si je l'avais su, je vous aurais

raccompagnée aussitôt, afin que personne ne vous importune.

— Quelle idée! dois-je comprendre que mon opinion n'aurait eu aucune importance? rétorqua-t-elle avec cette fois une colère rentrée.

Les traits de Titos se déridèrent et il esquissa un sourire ironique :

— Ce n'est pas votre « opinion » qui vous protègera efficacement, jeta-t-il.

— Je n'ai jamais rien entendu d'aussi aberrant, laissa tomber Tania avec hauteur.

— « Aberrant »? Ici, en Crète, nous tenons à préserver nos femmes avant le mariage. Elles doivent y parvenir pures et intactes, car seul leur mari aura le droit d'éveiller leur passion. C'est le rôle des pères et des frères de s'assurer de cette pureté...

— Et de choisir le mari, je suppose, coupa son interlocutrice d'un ton acide.

— Parfois, admit-il. Vous n'êtes pas d'accord?

— Bien sûr que non! s'exclama-t-elle vivement.

— Alors, vous avez eu tort de venir en Crète, *koritsi mou.* Car vous paraissez si différente de votre frère... Et c'est heureux, d'ailleurs.

— Vraiment? répliqua-t-elle d'un ton sceptique.

La dernière remarque de Titos la contrariait profondément. Fergus avait une personnalité extraordinaire, et elle ne supportait aucune critique à son sujet.

Kyrios Michalakis ne répondit pas. Il la dévisagea avec attention. Elle leva le menton d'un air de défi et soutint son regard. Il était vrai, se dit-elle intérieurement, que physiquement son frère et elle étaient extrêmement dissemblables. Fergus Drummond avait les cheveux blond pâle, et les yeux très bleus; ceux de Tania, au contraire, étaient noisette, et elle nouait sur sa nuque ses cheveux bruns, tressés en natte serrée. Cette coiffure la désavantageait. A ce moment précis, elle en avait une conscience aiguë et le regrettait.

L'homme reprit enfin la parole, après un léger soupir.

— Pourquoi vous êtes-vous installée dans cette villa ? demanda-t-il.

— Parce qu'elle appartient à mon frère.

— Non. Elle appartient à la femme de votre frère. Il y a une nuance... De toute façon, vous ne pouvez pas rester seule ici. Vous allez habiter chez ma mère...

L'archéologue se redressa, et lui adressa un regard glacial.

— Inutile de jouer les tyrans, mon cher. Je ferai ce qu'il me plaira, rien d'autre.

Titos eut un sourire sardonique.

— Très bien, rétorqua-t-il. Mais je vous préviens : je vais vous envoyer ma seconde sœur, Rhéa. Elle vous tiendra compagnie. Soyez gentille avec elle, je vous prie ; elle a beaucoup souffert du départ d'Elena et de l'indifférence de votre frère à nos coutumes. C'est compris ?

Tania s'humecta les lèvres, se demandant pourquoi elle ne le haïssait pas davantage. Puis elle se détourna en haussant les épaules.

— J'accueillerai votre sœur avec plaisir, murmura-t-elle.

2

Minos avait préparé une nouvelle tasse de café. Il la posa sur la table et invita Titos à boire, d'un geste silencieux.

— Que fais-tu ici ? lui demanda ce dernier.

— J'ai aidé Kyria Tania dans ses visites, comme j'aidais son frère, expliqua vivement l'enfant.

La jeune Anglaise les regarda avec attention l'un après l'autre. Ils se ressemblaient de façon hallucinante...

— Sa mère, Anna, va venir aussi travailler pour moi, intervint-elle. Vous la connaissez, je présume ?

— Oui.

— J'aurais dû m'en douter...

Titos lui adressa un coup d'œil menaçant et avala une gorgée de café brûlant. Puis il lança quelques mots rapides à Minos, en grec, et tous deux échangèrent un sourire.

— J'ai dit à Kyria Tania que vous étiez le koumbaros de son frère, fit le petit garçon. Elle n'a pas eu l'air enchantée de se trouver sous votre protection.

Son interlocuteur tourna les yeux vers la jeune femme.

— Dommage, murmura-t-il avec nonchalance.

— Attention, coupa sèchement Tania. Je ne me place absolument pas sous votre « protection ». Minos suffit largement pour m'accompagner dans mes promenades.

Titos Michalakis sursauta légèrement, et ses pupilles se réduisirent à deux têtes d'épingles. Puis il se ressaisit et son expression s'adoucit.

— Pourquoi nattez-vous vos cheveux ? questionna-t-il.

Déconcertée, elle porta machinalement la main à la lourde tresse.

— Parce que cela me va bien... fit-elle d'un ton hésitant.

— Je ne suis pas d'accord, interrompit-il.

— C'est plus pratique, protesta-t-elle.

— Peut-être. Mais cette coiffure ne me plaît pas. Si vous laissiez vos cheveux flotter sur vos épaules, cela adoucirait le visage fermé que vous arborez en ma présence.

— Je n'arbore aucun air particulier !

— Si. Sauf lorsque vous êtes seule. Vous avez alors l'apparence tendre et fragile d'une jeune biche... j'aimerais vous voir toujours ainsi, comme lorsque je vous ai rencontrée pendant l'orage...

— Je ne passe pas mon temps à surveiller mes expressions, rétorqua-t-elle. J'ai mieux à faire. Désolée de vous décevoir.

Titos croisa les bras avec un air sceptique.

— Et pourquoi êtes-vous venue en Crète ? poursuivit-il. Pour finir le livre de votre frère ?

— Oui, répondit-elle. J'ai toujours assuré la rédaction finale de ses ouvrages. Il m'a confié ses notes...

— Pourquoi écrivez-vous à sa place ?

— Parce que son style est trop complexe, trop académique pour des ouvrages de vulgarisation. Il s'agit de populariser un certain nombre d'anciennes civilisations...

— D'après Fergus, toutes nos légendes crétoises ont été introduites par les grecs, intervint Titos.

— Pour certaines, c'est indéniable, expliqua chaudement Tania. Mais pour d'autres, cela me paraît moins sûr...

Elle s'interrompit, consciente d'être tombée dans un piège. Il souhaiterait l'entendre critiquer son frère.

— Fergus a peut-être raison ! s'exclama-t-elle. C'est quelqu'un de très intelligent !

— Et vous ?

— Je ne sais pas, balbutia-t-elle. J'ai étudié l'archéologie pour pouvoir l'aider, c'est tout.

— Vous avez toujours travaillé sous sa direction ?

— Oui.

— Pourquoi ? Avez-vous raté vos examens ?

— Non ! fit-elle en rougissant. J'ai même eu de meilleures notes finales, si vous voulez tout savoir ! Mais c'est uniquement grâce à lui si j'ai pu aller à l'université. Et je lui en suis profondément reconnaissante.

Titos eut une grimace de mépris.

— Ainsi, il vous a fait écrire tous ses livres... Qu'allez-vous faire, maintenant qu'il a disparu ?

— Il reviendra, affirma Tania en se redressant. On les retrouvera très rapidement, j'en suis sûre. Les Péruviens font des recherches. Il était si fier de partir ! C'était pour lui l'occasion inespérée de prouver ses théories sur les indiens Quichua...

— Il voulait vous emmener là-bas. Vous le saviez ? interrogea Titos Michalakis. Pauvre Elena...

L'archéologue étouffa une exclamation de surprise. Elle ignorait que Fergus souhaitait sa présence à ses côtés.

— Pourquoi dites-vous « pauvre Elena ? » s'enquit-elle. Elle a beaucoup de chance d'être avec Fergus, et je suis certaine qu'il l'aime beaucoup.

— Vous croyez ? Je me suis mal fait comprendre. Votre frère souhaitait vous emmener au Pérou et laisser sa femme ici. Elle a dû le supplier pendant des jours, lui expliquer qu'elle était une excellente secrétaire... mais il voulait quelqu'un pour faire tout le travail à sa place. C'était bien là le problème !

— Vous êtes profondément injuste, rétorqua Tania, les larmes aux yeux. On ne l'aurait pas envoyé au Pérou s'il était un mauvais archéologue. Elena s'en apercevra très vite !

— Espérons, railla Titos. Jusqu'à présent, il s'est contenté de l'entraîner dans des montagnes inaccessibles où l'on a très peu de chances de les retrouver.

— Ce n'est pas de sa faute !

— Vous croyez ? Je n'en suis pas si sûr. Maintenant, je vais vous donner un conseil, Tania Drummond. Travaillez pour vous-même et publiez ce livre sous votre propre nom. Si vous tenez vraiment à vivre dans l'ombre d'un homme, trouvez-en un autre, et permettez à votre frère d'être le mari de sa femme.

— Un instant ! s'exclama-t-elle. Je gagne ma vie en travaillant pour Fergus. Je ne vois pas où est le mal !

— Faites un effort, rétorqua-t-il sèchement.

— Vous me déplaisez profondément, fit-elle à voix basse, légèrement déconcertée.

— Pourquoi donc ?

— Pour la simple raison que vous vous mêlez des affaires des autres. C'est extrêmement désagréable.

Son interlocuteur prit l'air amusé.

— Dites-moi, votre frère n'en fait-il pas autant ? Vous laisse-t-il vraiment toute votre indépendance ?

— Vous pensez déjà tout connaître de moi, n'est-ce-pas ? répliqua-t-elle ironiquement. Je ne vous appartiens en aucune manière, sachez-le bien. Et je ne vous appartiendrai jamais !

— Vraiment ? Auriez-vous peur ?

— Je n'ai peur de rien, ni de personne. Et encore moins de vous.

— Vous y viendrez peut-être... Il est temps de vous détacher de Fergus. Où sont vos parents, Tania ?

La jeune femme hésita un moment. Devait-elle répondre à sa question? En réalité, elle savait pertinemment, en son for intérieur, qu'elle craignait Titos, d'une certaine manière, et aussi qu'elle ne le détestait pas autant qu'elle le disait. Son baiser l'avait surprise, bouleversée, un peu choquée, mais il ne lui avait pas déplu. En fait, malgré le peu d'estime dont il faisait preuve envers Fergus, Titos Michalakis représentait un certain type masculin nouveau pour elle, et assez fascinant. Elle se décida à lui avouer où se trouvaient ses parents. Il verrait ainsi qu'elle n'était pas seule au monde, surtout au cas où son frère ne reviendrait pas.

— Mon père habite aux Etats-Unis, prononça-t-elle lentement, et ma mère en Nouvelle-Zélande. Ils sont chacun remariés de leur côté, mais je suis toujours la bienvenue.

— Je vois, répondit-il avec un sérieux un peu étonnant. D'où votre attachement à Fergus... Vous devriez trouver un autre homme, un homme qui vous aimerait sans être jaloux de vos diplômes...

— Je les ai largement mérités! lança-t-elle en se raidissant. Je ne me suis permis aucune distraction durant mes études!

— Cela se voit comme le nez au milieu de la figure, laissa-t-il tomber tout en posant sa tasse dans l'évier.

Tania se sentait blessée, mais se refusait à le montrer. Elle chercha désespérément une réplique pour mettre fin à leur joute verbale.

— Cela ne vous a pas empêché de m'embrasser! s'écria-t-elle, un peu au hasard.

— Exact, dit-il brièvement. Et je suis sûr que vous ne vous plaindriez pas si je recommençais...

La jeune Anglaise pâlit visiblement.

— J'ai mieux à faire que d'encourager les hommes à me courtiser, balbutia-t-elle.

Titos éclata de rire.

— Il vous est facile de l'affirmer, à présent que vous

n'avez plus rien à craindre de moi ! Si vous n'étiez pas ma belle-sœur, ce serait différent... En attendant, faites-moi le plaisir de dénouer vos cheveux. Je vous aime mieux quand ils sont libres.

— Et pourquoi devrais-je vous faire plaisir, s'il vous plaît ?

— Parce que j'ai besoin d'être entouré de femmes agréables à regarder. Fergus n'y prêtait peut-être aucune attention, mais moi...

— Vous ! s'exclama-t-elle, se laissant soudain aller à la colère. Vous avez terrorisé Elena, vous avez tenté de la priver de sa dot et d'empêcher son mariage ! Je vous méprise. Mon frère m'avait prévenue...

— Ma chère, le mariage est l'étape la plus importante de la vie d'une femme. Il était naturel que je mette ma sœur en garde. Pour nous, la famille est une notion extrêmement importante. L'épouse doit pouvoir compter sur son mari dans toutes les circontances de la vie. Fergus prenait tout cela un peu trop à la légère, pour dire le moins. Il changerait de femme comme l'on change de voiture...

— Et si j'étais comme lui ? rétorqua Tania, secrètement effrayée de cette description terriblement exacte du manque de responsabilité de son frère.

Titos Michalakis haussa les épaules.

— Cela aurait beaucoup moins d'importance, remarqua-t-il. Lorsque je me marierai, ce sera à moi de savoir retenir mon épouse au foyer, d'éviter ses éventuels caprices. Pour une femme, la sagesse consiste à choisir un homme capable de remplir toutes ses pensées, de satisfaire le moindre de ses désirs. C'est même l'unique façon d'être heureuse en couple.

— Vous connaissez tout des femmes, il me semble, ironisa-t-elle.

— Presque, fit-il sans se démonter.

Il s'approcha tout près d'elle : un frisson la parcourut.

— J'en sais assez pour deviner leurs souhaits, avant même qu'elles n'en aient pris conscience, murmura-t-il. Si je n'avais pas été le *koumbaros* de votre frère, vous auriez peut-être eu l'occasion d'apprendre que vous ne me détestez pas vraiment... Zeus avait bien réussi à convaincre la nymphe Europe de sa passion !

Le jeune Minos leva la tête, alerté par la mention de cette légende. Il la connaissait par cœur.

— Minos fut le premier fruit des amours de Zeus et d'Europe, expliqua le garçon. Parfois, j'imagine que mon père était Zeus lui-même, puisque ma mère n'a pas de mari. J'aimerais avoir pour père le plus grand des dieux grecs !

Tania se sentait bouleversée par l'émotion de l'enfant.

— Zeus ne me plaît pas beaucoup, intervint-elle. Il traitait son épouse, Hera, avec une impardonnable désinvolture. Il l'a trompée avec un nombre incalculable de jeunes filles, et pas seulement Europe.

Au fur et à mesure qu'elle parlait, elle songeait de plus en plus à Anna, et sa fureur grandissait. Titos s'était-il conduit envers elle aussi indignement que Zeus envers ses maîtresses ?...

— En outre, poursuivit-elle, votre Zeus n'avait pas peur du ridicule. Il lui est arrivé de se transformer en vulgaire coucou pour séduire ses victimes...

— En coucou ? répéta Titos d'un ton incrédule, tout en éclatant de rire. J'ai du mal à vous croire...

— C'est pourtant exact, répliqua-t-elle sèchement. Les coucous n'hésitent pas à exploiter les autres oiseaux...

Son interlocuteur esquissa un sourire railleur devant l'irritation de Tania.

— Vous prenez ces histoires trop au sérieux, souligna-t-il. Ce sont surtout des symboles...

— Précisément, protesta-t-elle. Les mythes grecs représentent une illustration de la réalité humaine.

Lorsque Zeus a voulu attirer Europe, pour reprendre cet exemple, il a pris l'aspect d'un aigle...

— Il se donnait beaucoup de mal, coupa Titos avec ironie. Je n'aurais pas besoin de recourir à de tels stratagèmes. D'autre part, je serai infiniment plus fidèle envers mon épouse. Ne l'oubliez pas.

La jeune femme jeta un coup d'œil à Minos. Titos Michalakis et lui se ressemblaient de façon décidément troublante...

— C'est sûr, admit-elle enfin. Cependant, vous ne l'aurez peut-être pas été avant de vous marier.

Le Crétois lui adressa un regard soutenu.

— Ne vous montrez pas trop indiscrète, fit-il.

— Anna veut partir pour l'Amérique, répliqua Tania en rougissant.

— Cela n'a rien à voir avec moi, prévint-il d'un ton définitif.

Elle garda le silence, déconcertée par son assurance. Il était difficile de le contrer en quoi que ce soit.

— Que deviendra Minos ? demanda-t-elle pourtant au bout d'un moment.

— Moi ? interrompit l'intéressé. Je suis un homme, *kyria !* Je suis assez grand pour me débrouiller seul.

Il fit une pause, fronçant les sourcils.

— Je vous croyais en train de parler des anciens dieux, reprit-il. Pas de nous...

— Elle parlait des deux, intervint Titos, sur un ton amusé. Les femmes, vois-tu, ont tendance à s'irriter pour très peu de choses. En fait, Kyria Tania préfère me considérer comme une sorte de dieu, parce qu'il lui serait trop difficile de me voir comme un simple mortel...

Un rire étouffé suivit ses paroles. Le petit garçon leva des yeux étonnés vers l'archéologue.

— Est-ce vrai, Miss ? interrogea-t-il.

— Non. C'est ridicule ! s'exclama-t-elle.

— Vraiment ? la taquina Titos Michalakis. Il me

semblait pourtant que vous préfériez la compagnie des dieux à celle d'un homme, moins rassurante pour vous...

Tania serra les lèvres, gênée par cette demi-vérité.

— J'aime les dieux comme j'aime les légendes, se défendit-elle. C'est mon travail.

— Seulement, rétorqua son interlocuteur avec une certaine sécheresse, vous vous êtes beaucoup trop enfermée dans vos études. Vous avez perdu de vue le bien qu'un homme réel pourrait vous faire... *Ime oandras, yineka mou !*

— Je ne comprends pas le grec, se plaignit-elle. Et votre conversation me choque. Minos est encore trop jeune...

— Minos est un Grec, un Crétois, Miss Drummond. Il connaît la vie infiniment mieux que vous. Ne l'utilisez pas comme prétexte pour fuir la réalité.

— Partez, répondit-elle à voix basse, furieuse.

— Pour cette fois, je vous obéis, lança-t-il en se levant. Mais vous ne vous débarrasserez pas toujours aussi facilement de moi, sachez-le.

La porte se ferma d'un claquement sec. Tania resta immobile, prenant de longues minutes pour retrouver ses esprits. Minos manipulait distraitement sa tasse de café.

— Quel désagréable personnage ! s'écria-t-elle enfin, une note hystérique dans la voix. Je souhaite ne jamais le retrouver sur mon chemin.

— Ne vous méprenez pas, murmura le jeune garçon. Il vous trouve très belle, il rêve de vous embrasser à nouveau.

— Est-ce là ce qu'il a dit en grec ? questionna-t-elle, les mains moites.

— Non ; il a dit qu'il était un homme, et vous a appelée sa « femme ». Mais il paraissait en colère, il me semble.

— En colère ? Après moi ?

Titos allait vraiment trop loin, songea-t-elle. Il devait être fou !

— Ce serait plutôt à moi d'être furieuse ! poursuivit-elle.

— Oui, approuva l'enfant en hochant la tête. Mais vous ne devez pas avoir peur de le trouver séduisant, Kyria Tania. Toutes les filles de Crète n'ont d'yeux que pour lui. Cela fait beaucoup rire ma mère, et elle s'amuse à les rendre jalouses lorsque Titos vient nous rendre visite à la maison. Titos et ma mère sont de très grands amis... Ils discutent souvent, le soir.

— Je vois, fit Tania d'un ton froid. Ils se connaissent depuis longtemps ?

— Oui, très longtemps. Le père de Titos était le parrain de ma mère, vous comprenez. Titos Michalakis continue à nous aider en souvenir de son père.

— C'est tout à son honneur, répliqua l'Anglaise en quittant son siège.

Elle commençait à se sentir nerveuse. Le passé de M. Michalakis ne la concernait en rien. Alors, pourquoi ne cessait-elle d'y penser ? Autrefois, seul son travail la préoccupait, elle ne se laissait pas distraire par autre chose. Il lui fallait se ressaisir... S'emparant d'un balai, la jeune femme se mit à faire le ménage, avec une énergie fébrile. Minos l'observait avec une vague inquiétude.

— Attendez un peu, ma mère va venir, remarqua-t-il.

— Je ne peux pas, expliqua-t-elle. Rhéa peut arriver d'une minute à l'autre. Mon Dieu, j'espère qu'elle est plus facile à vivre que son frère !

Le jeune garçon s'éclipsa et réapparut quelques instants plus tard, en compagnie d'une femme brune, l'air avenant. Elle portait une robe noire, comme en ont les veuves de Crète, et plut immédiatement à Tania. Un sourire gai éclairait son visage.

— Je suis Anna, expliqua-t-elle.

— Ma mère, ajouta Minos, déçu de ne pas avoir fait lui-même les présentations. Elle est venue préparer votre dîner. A partir de demain, elle fera aussi le ménage.

Anna hocha la tête pour marquer son assentiment.

— Je vous aiderai jusqu'à mon départ pour l'Amérique. Après, j'épouserai un citoyen américain, et je serai tranquille pour le reste de mes jours ! M'aiderez-vous à me rendre aux Etats-Unis, Kyria Tania ?

La Grecque conclut sa phrase par un rire sonore. Son interlocutrice n'était pas certaine que l'Eldorado existât toujours ; elle répondit néanmoins avec gentillesse.

— Certainement, dans la mesure de mes possibilités, assura-t-elle.

— Votre frère se trouve bien en Amérique, n'est-ce pas ? reprit la nouvelle venue. Il faut lui écrire et lui demander de me faire entrer au service de Kyria Elena...

Tania se mordit la lèvre.

— Mon frère et son épouse ont disparu, Anna. On ne sait même pas s'ils sont toujours en vie. En outre, ils ne séjournent pas aux Etats-Unis, mais au Pérou.

— Moi, je suis sûre qu'ils ne sont pas morts. Ils reviendront bientôt, et à ce moment-là vous pourrez leur parler de moi, n'est-ce pas ?

L'archéologue acquiesça, vaguement réconfortée par la tranquille assurance de la femme. Elle lui abandonna la cuisine et se réfugia dans le salon, s'efforçant de parcourir les notes de Fergus sur le site de Mallia.

Elle s'aperçut bien vite qu'il lui était impossible de se concentrer. L'image de Titos Michalakis ne quittait pas son esprit. C'était une obsession profondément irritante. Il lui semblait encore entendre résonner les dures paroles du Crétois...

Elle s'approcha d'un miroir accroché au mur et s'y contempla pensivement. Ses cheveux noués lui donnaient indéniablement un air austère, presque sévère.

Impulsivement, elle s'empara de la lourde natte et commença à la défaire prestement. La masse de boucles brunes se répandit souplement sur ses épaules. Cette nouvelle coiffure lui donnait un aspect totalement différent, la faisait paraître infiniment plus jeune, presque vulnérable. Il ne fallait surtout pas que Titos la voie ainsi !

— *Kyria Tania ! Kyria Tania !* Une voiture descend l'allée, appela la voix d'Anna. Que dois-je servir à vos visiteurs ?

— Retenez-les un peu, balbutia Tania en hâte. Je dois d'abord me recoiffer. Je verrai ensuite.

La mère de Minos se contenta d'éclater de rire et ouvrit en grand la porte-fenêtre du salon, accueillant chaleureusement les nouveaux venus. La jeune Anglaise était restée face au miroir. Ses yeux rencontrèrent ceux de Titos Michalakis, et elle poussa un léger cri.

— J'ai accompagné Rhéa, annonça-t-il d'un ton neutre. La voici. Rhéa, je te présente Tania, la belle-sœur d'Elena.

L'adolescente grecque était fine et délicate comme une porcelaine. Elle avait les mêmes cheveux que son frère, mais ses traits paraissaient fatigués, ses yeux étaient cernés.

— Bonjour, murmura l'Anglaise. Comment allez-vous ?

— *Hero poli,* répondit l'autre.

Tania invita tout le monde à s'asseoir et s'installa elle-même sur une chaise, maintenant ses cheveux d'une main.

— Je suis désolée, dit-elle, mais tout est un peu en désordre. Je m'apprêtais à prendre un bain...

— Vous êtes très jolie, s'exclama sincèrement Rhéa. Beaucoup plus jolie que la description de Titos. D'après lui, vous aviez l'air d'une maîtresse d'école, et vous passiez vos journées à étudier ! J'éprouvais certaines appréhensions à venir ici, mais à présent je m'en réjouis.

Elle s'interrompit un instant, puis ajouta timidement :

— En fait, je craignais que vous ne ressembliez trop à votre frère...

— Tania écrit elle-même le livre de Fergus, coupa Titos.

— Le livre sur la Crète ? s'étonna Rhéa en éclatant de rire. Il avait des idées bien étranges. Le passé de notre île l'intéressait beaucoup plus que les habitants actuels. Il faisait si peu d'efforts pour nous connaître vraiment !

— Assez, coupa son frère. Tania prétend en savoir encore plus long sur les vieilles légendes, ma chère Rhéa.

— C'est vrai, se hâta d'approuver la jeune Anglaise, soucieuse d'éloigner la conversation de Fergus. Mais je connais aussi les Crétois de réputation. On les dit terriblement menteurs... Par exemple, ils soutiennent que Zeus meurt et renaît une fois par an. Les Grecs du continent ne sont pas d'accord...

— Vous ne devriez pas critiquer ainsi notre dieu, lança Titos d'un ton moqueur. Ou il viendra s'emparer de vous pour se venger. Surtout avec vos cheveux dénoués...

— Les dieux sont morts depuis longtemps, balbutia Tania, embarrassée et rougissante. Je ne me laisserai pas intimider par vos boniments !

Rhéa Michalakis fit entendre à nouveau son rire cristallin.

— Maintenant, vous parlez comme une maîtresse d'école ! taquina-t-elle. Titos est implacable, vous savez. Il agira lorsque vous vous y attendrez le moins, exactement comme Zeus !

3

La jeune Rhéa parut s'acclimater rapidement à la villa ; son air de lassitude s'évanouit, ses gestes se firent moins timides.

— Titos voudrait que je reprenne confiance en moi, expliqua-t-elle à Tania, car j'ai eu récemment un grave accident... Je me plais beaucoup avec vous. Bientôt, il faudra que je vous présente à ma mère, elle aimerait vous rencontrer.

L'anglaise sourit gentiment, secrètement amusée par l'habitude de Rhéa de sauter du coq à l'âne dans ses paroles.

— En fait, reprit la Crétoise d'une voix plus hésitante, nous avions peur de vous trouver aussi désagréable que Fergus...

— Vraiment ? s'étonna Tania, un peu fraîchement.

Mais pourquoi donc la famille d'Elena semblait-elle détester autant Fergus Drummond ? C'était incompréhensible.

— Bien sûr, poursuivit l'autre, Titos nous répétait de ne pas avoir de préjugés contre les Anglais. Lui-même avait beaucoup d'amis parmi eux. Cependant, nous aimons tellement Elena ! Il est si effrayant que...

Son interlocutrice se leva et entoura sa jeune compagne d'un bras réconfortant.

— Ne vous inquiétez pas, fit-elle doucement. On les retrouvera, c'est certain...

— Oh ! Je ne pensais pas à cela... Fergus ne vous a donc pas dit ?

— Qu'aurait-il dû me dire ? fit Tania, un peu affolée. Expliquez-vous, je vous en supplie !

— Je ne peux pas ! Seul Titos a le droit de vous raconter ce qui est arrivé... Et à mon avis, il ne le fera pas.

— Je ne comprends plus rien, soupira l'archéologue.

— Je sais, admit Rhéa. Dans ma position, je puis seulement vous donner un conseil ; lorsque nous rendrons visite à ma mère, si elle accepte de vous voir, ne lui parlez surtout pas de Fergus, je vous en prie. Ne lui révélez pas non plus que vos parents sont divorcés.

— Je n'ai pas honte de ma famille, souligna Tania.

— Nous n'avons pas les mêmes conceptions du divorce, ici. Ma mère serait profondément choquée. Elle aurait peur de vous voir abandonner votre mari à votre tour !

— Mais je n'ai pas de mari !

— Un Crétois ne vous pardonnera jamais de vous être enfuie, poursuivit l'adolescente avec un manque apparent de logique.

— Je n'ai pas l'intention de me marier, répliqua son interlocutrice, de plus en plus éberluée. En tout cas, certainement pas avec un Grec ! D'ailleurs, j'ai été fort surprise du choix de Fergus.

La sœur de Titos prit l'air inquiet.

— Il ne quittera tout de même pas Elena, n'est-ce pas ? Titos serait capable de le tuer !

— Eh bien, espérons que mon frère se montrera raisonnable, laissa tomber Tania d'un ton léger.

Cependant, cette conversation lui resta longtemps à l'esprit, une fois Rhéa sortie. Elle s'était installée dans le living-room et s'efforçait de trier les notes de Fergus. Ces dernières étaient très en désordre et surtout assez maigres dans l'ensemble. Il avait dû passer son temps à bien autre chose. Ce travail bâclé ne lui ressemblait pas.

Elle parcourut machinalement la pièce du regard. La tentation était grande de simplement jeter au panier les ébauches de son frère, puis d'écrire et de concevoir le livre entièrement seule. L'idée lui courait dans la tête depuis que Titos l'avait mentionnée. Au début, elle avait craint de se montrer déloyale, mais elle tendait à changer d'avis. Il lui avait laissé un matériau inutilisable ; il ne pourrait pas se plaindre si, pour une fois, elle volait de ses propres ailes. Et même s'il était furieux, tant pis ! L'aventure était trop stimulante pour y renoncer.

Ses yeux tombèrent soudain sur les fresques d'un goût plus que douteux accrochées aux murs. Elle frissonna ; il fallait absolument s'en débarrasser. Ces insupportables caricatures des splendides originaux de Knossos entreposés au musée d'Heraklion étaient intolérables.

Anna poussa les hauts cris en entendant Tania annoncer son intention de décrocher les fresques.

— Kyria Elena n'avait fait aucune objection, protesta-t-elle.

— Seulement, pour le moment, elle est absente, et moi je suis incapable de travailler avec des horreurs pareilles en face de moi. Si vous ne voulez pas m'aider, je les ôterai moi-même !

— Kyrios Titos sera contrarié, signala la gouvernante.

— Cela m'est égal. Cette villa appartient à mon frère...

La crétoise se borna à sourire.

— Cela m'étonnerait, Kyria Tania. Titos Michalakis ne se laisse pas faire aussi facilement.Je vous assure, ne changez rien dans la maison avant de lui demander son avis !

— Jamais ! s'écria Tania, folle de rage. Je n'ai pas à obéir à un homme simplement parce qu'il est assez séduisant ! Il n'a absolument rien de particulier à mes yeux...

— Si, au moins une chose, insista Anna.

— Vraiment ? Laquelle ? contra l'Anglaise, tout en se raidissant.

— Minos vous a vue à Mallia, raconta la femme en éclatant de rire. Et puis, vous avez changé de coiffure ! Seulement, beaucoup de femmes ont tenté de séduire Titos, mais aucune n'a jamais réussi à l'épouser !

Tania était muette de rage.

— Vous vous trompez complètement ! s'offusqua-t-elle enfin. M. Michalakis et moi ne pouvons même pas nous supporter...

— Vous en êtes certaine ? interrompit une voix. Anna n'a pourtant pas tort : vos cheveux sont beaucoup mieux ainsi.

C'était Titos, nonchalamment appuyé contre le chambranle de la porte, l'air profondément amusé.

— Peut-être, rétorqua la jeune archéologue. Mais je n'ai certainement pas changé de coiffure pour vous plaire. Détrompez-vous !

— En ce moment, vous vous situez entièrement du côté de Fergus, n'est-ce pas ? lança-t-il.

— Et quand bien même ? Qu'avez-vous donc tous à le détester autant ?

Titos avança dans la pièce, l'air soudain préoccupé, et Anna s'éclipsa en direction de la cuisine.

— Votre frère ne vous a jamais parlé en détail de son séjour en Crète, n'est-ce pas ? commença l'homme d'une voix douce.

Tania sentit fondre sa colère. Cette douceur soudaine la troublait. Si seulement elle savait comment se faire apprécier de son beau-frère... Elle prit une profonde inspiration et chassa cette pensée.

— Fergus parle uniquement de son travail dans son

courrier, expliqua-t-elle. Il ne s'arrête pas aux bavardages...

— Que faisiez-vous en Angleterre, tout le temps de sa visite ici ?

— Je... j'étais occupée.

C'était complètement faux. A cette époque-là, la jeune femme se trouvait totalement libre de son temps, et elle avait fait parvenir lettres sur lettres à son frère en le suppliant de la laisser venir auprès de lui. Il avait gardé un silence obstiné, envoyant une seule carte postale, fort tardive, pour lui annoncer son mariage avec Elena et son départ précipité pour le Pérou. Un peu plus tard, elle avait reçu un billet d'avion pour la Crète et des instructions lui enjoignant de terminer l'ouvrage archéologique commencé.

— Je suis sûr qu'une jolie femme se fait beaucoup d'amis, seule à Londres... N'y avait-il personne pour veiller sur vous, pendant l'absence de Fergus ? fit Titos.

— Que voulez-vous dire ? balbutia-t-elle, à nouveau irritée.

— Eh bien, votre inexpérience m'inquiète un peu, c'est tout. Vous êtes encore bien proche de l'enfance, vous connaissez mal les hommes...

— Vos insinuations sont parfaitement déplacées, protesta Tania d'un ton sec.

— Je n'insinue rien. Il est tout à fait normal qu'une jeune fille soit un peu naïve ; c'est même pourquoi nous protégeons nos filles et nos sœurs, en Crète.

— Etes-vous uniquement venu pour m'insulter, où avez-vous autre chose à me dire ? rétorqua l'archéologue d'un ton glacial.

L'homme tendit les mains, l'air surpris et désolé.

— En quoi vous ai-je insultée ? demanda-t-il.

— Excusez-moi de vous décevoir, mais je ne suis pas aussi naïve que vous semblez le penser. Tout le monde ne me trouve pas aussi ordinaire que vous le dites !

— Je m'en réjouis, laissa-t-il tomber d'un air

énigmatique. Je n'ai rien à ajouter : j'étais simplement venu m'assurer que tout se passait bien avec Rhéa...

— Bien. Dans ce cas, je vous prierai de m'excuser, mais j'aimerais reprendre mon travail.

— Un instant, coupa-t-il. Je vous serais reconnaissant de m'accompagner à la porte, comme l'exige la plus élémentaire politesse. Moi-même, lorsque vous viendrez...

Tania, qui s'était assise devant sa machine à écrire, se leva d'un bond.

— J'ai bien peu de chances de jamais vous rendre visite, devança-t-elle. Apparemment, votre mère refuse de me recevoir...

— Qui vous a dit cela ? questionna-t-il d'un ton vif.

— Rhéa. D'après elle, votre mère ne supporte pas le divorce de nos parents, et elle se permet de nous le reprocher. Moi, du moins, je ne juge pas les gens avant de les avoir vus, et leur famille n'a pas d'influence sur mon opinion ! Par exemple, j'aime beaucoup votre sœur...

— Plus que moi, si je comprends bien.

— Dans un sens, oui. Au fait, serez-vous assez aimable pour expliquer à Anna que cette maison appartient à Fergus ? D'après elle, je ne peux y apporter aucune modification sans votre accord préalable... S'il en était de même avec mon frère, je comprends son exaspération envers vous !

— Il ne le montrait pas trop, murmura pensivement Titos. Cela aurait desservi ses intérêts... Je suis désolé de la réaction de ma mère. Mais vous lui plairez malgré tout, j'en suis sûr. C'est une vieille dame un peu traditionaliste, mais pleine de cœur.

— Elle me croit capable de me marier pour m'enfuir après...

Son interlocuteur éclata d'un rire franc.

— Rhéa vous a dit cela aussi, n'est-ce pas ? dit-il. Si votre mari vous laissait partir, tout serait de sa faute.

— Il n'aurait peut-être pas le choix, souligna sèchement Tania.

— Il serait responsable. C'est à l'homme de se rendre compte si son épouse est heureuse ou non, et d'agir en conséquence.

— Peu de femmes tomberaient d'accord avec vous, répondit-elle en souriant. Nous sommes capables aussi de prendre des décisions, d'organiser notre vie...

— Parfois, admit-il.

— Votre conception du mariage me semble bien romantique, reprit-elle. La réalité s'avère souvent fort différente...

— Mais vous le regrettez, n'est-ce pas ? interrogea-t-il d'un ton pressant.

— Je suppose, répliqua-t-elle pensivement.

— En Crète, les femmes ne quittent pas leurs maris... vous devriez suivre l'exemple de votre frère, et épouser vous aussi un membre de notre communauté !

Tania se mit à rire. L'idée n'était pas sans agréments. Titos dégageait une attraction irrésistible, très séduisante ; et elle aurait aimé qu'il se rapproche, comme pendant l'orage...

— Je n'ai pas de dot, expliqua-t-elle enfin. Or, c'est un élément nécessaire au mariage, ici, n'est-ce pas ? Elena elle-même a apporté en dot cette villa...

— Disons plus exactement qu'on leur a donné l'autorisation d'y vivre, précisa-t-il. Ils s'y installeront à nouveau si jamais ils rentrent du Pérou...

— Ils reviendront, je n'en doute pas, assura-t-elle d'un ton ferme.

Tout en parlant, le souvenir des fresques lui traversa l'esprit.

— Cependant, ajouta-t-elle, je voudrais décrocher les fresques du salon. Elles sont vraiment difficilement supportables. Je me demande pourquoi Fergus ne s'en est pas débarrassé plus tôt !

— Parce qu'il les a choisies lui-même, rétorqua Titos d'une voix neutre.

— Fergus ? s'exclama la jeune femme d'un ton incrédule. C'est impossible ! Il ne l'aura fait que pour plaire à Elena. Ces caricatures sont tellement plus laides que les originaux...

— Vous avez visité le musée d'Heraklion, n'est-ce pas ? Ma sœur y allait souvent, elle aussi. Elle a rencontré Fergus dans l'une des salles consacrées aux fresques... Elle détestait ces reproductions de toutes ses forces. Elles sont aussi fausses que leur histoire d'amour !

Tania se sentit parcourue d'un frisson glacé.

— Je ne vous crois pas, fit-elle à voix basse.

— Vous apprendrez à connaître votre frère... En attendant, j'obéis à vos désirs : les fresques seront descendues dès demain.

— Merci, répondit-elle, radoucie.

Après tout, il n'avait pas passé plusieurs années avec Fergus Drummond. Il ne pouvait pas savoir quel être irremplaçable il était...

— Si vous avez une minute, nous pourrions les décrocher dès maintenant, suggéra-t-elle.

— Non, car nous devons rendre visite à ma mère ; plus tôt vous la verrez, mieux cela vaudra. Elle se nomme Melissa, ce qui signifie « l'abeille ». Mais ne craignez pas trop son aiguillon ! Elle n'est pas votre ennemie, Tania mou.

— Est-il bien indispensable que je vienne ? demanda la jeune Anglaise avec une légère réticence. Je devrais me changer, en ce cas...

— Non. Venez comme vous êtes. Elle a déjà vu des femmes en pantalon, elle ne se choquera pas.

Il se dirigea vers la porte, après avoir saisi d'autorité la main de son interlocutrice. A quoi pouvait ressembler la mère de Titos ? songeait Tania. Jusqu'à présent, en fait, elle connaissait très peu toute la famille Michalakis. C'était pourtant la belle-famille de son frère...

— Vos deux sœurs sont-elles plus jeunes que vous ? questionna-t-elle.

— Oui. Mes parents avaient prévu d'avoir plus d'enfants, mais mon père est mort peu après la naissance de la dernière, Rhéa. J'ai dû travailler pour nourrir toute la famille... Heureusement, j'en avais tout à fait l'âge et la force.

— Et lorsque vous vous marierez ?

— Cela ne changera rien. Je prendrai toujours soin de ma mère, et de la plus jeune de mes sœurs, jusqu'à ce qu'elle trouve à son tour un mari. Mais je ne m'inquiète pas ; je gagne infiniment mieux ma vie que ne le faisait mon père. J'aurai de quoi subvenir largement aux besoins de mes deux familles !

Tania fut sur le point de lui demander quel travail il exerçait pour être aussi riche, puis elle se ravisa. Elle fut d'autant plus surprise de l'entendre lui-même poser la question :

— Les livres de Fergus rapportent-ils beaucoup ? Vous permettent-ils de vivre confortablement ?

— En temps ordinaire, je travaille pour moi-même, répondit-elle. Je donne des cours, je participe à des fouilles archéologiques... Mes collaborations avec mon frère sont seulement occasionnelles.

— En ce moment, cependant, vous ne faites rien d'autre, objecta-t-il.

— C'est vrai. J'aimerai écrire un livre pour les enfants, mais il me faudrait trouver un illustrateur...

Soudain, elle s'interrompit et s'arrêta, perdue dans la contemplation du paysage. Sur la pente de la colline, le sol était d'un rouge sombre, argileux, coupé çà et là par les touffes jaspées des buissons de thym. En descendant vers la mer, la tourbe s'éclaircissait progressivement, jusqu'à rejoindre le jaune pâle du sable de la plage dont l'œil suivait avec enchantement les courbes sinueuses. Au-delà s'étalait la mer, d'un bleu profond, presque aussi sombre qu'une encre de chine.

— Regardez, murmura-t-elle enfin. Quelle splendeur ! Je n'aurais jamais imaginé une telle beauté...

Titos avait ouvert une grille blanche et l'invitait à passer devant lui.

Tous deux s'engagèrent dans une allée de graviers.

— Rhéa fait d'admirables dessins, vous savez. Vous devriez lui demander de vous les montrer, suggéra-t-il.

— Je ne sais pas si elle accepterait, répondit Tania. Elle ne m'aime pas beaucoup non plus, il me semble...

— Aucune importance, demandez-lui tout de même.

Il indiqua de la main l'immense maison ornée de grilles en fer forgé qui se dressait devant eux.

— Bienvenue chez moi, Tania, fit-il simplement.

Ils traversèrent un patio empli d'une profusion de fleurs aux couleurs éclatantes. Des bougainvillées grimpaient en lourdes grappes le long des murs. La jeune Anglaise avisa tout à coup un bouton d'hibiscus tombé à terre et se pencha pour le ramasser. Lorsqu'elle se releva, ce fut pour se retrouver nez à nez avec la plus étonnante vieille dame imaginable. Très petite, assez ronde, celle-ci l'observait fixement. Sa robe noire, impeccable, et ses mains un peu tremblantes lui donnaient irrésistiblement l'aspect d'une petite abeille butineuse.

— Kyria Melissa ? interrogea Tania avec hésitation.

— Tu aurais pu me prévenir de l'arrivée d'une visiteuse, lança la vieille dame à Titos, sans répondre à la question.

— Je m'apprêtais à le faire, répliqua-t-il. Nous venons juste de remonter l'allée. Je vous présente Tania Drummond, Mama.

Kyria Melissa ramena son regard vers l'archéologue.

— Tania ? prononça-t-elle. C'est un joli nom... pas très courant.

— Merci, balbutia l'intéressée. Je vous suis reconnaissante de permettre à Rhéa de dormir à la villa...

— Je n'ai rien permis du tout. Mon fils a énormément insisté, et j'ai dû m'incliner, malgré mes réticences...

— Tania n'a rien à voir avec son frère, coupa sèchement Titos.

— Elle ne lui ressemble pas, je l'admets... N'hésitez pas à venir souvent, ma chère enfant. En tant que *koumbaros,* mon fils est responsable de vous.

— N'exagérons rien ! souligna la jeune femme d'un ton raide. Mon frère va certainement revenir, je ne suis pas seule au monde ! Et je sais me débrouiller...

— Evitons de parler de votre frère ! rétorqua Melissa, avec un rire bref. Rhéa m'a dit que vous employiez Anna. En êtes-vous satisfaite ?

— Oui, tout à fait. Seulement, elle rêve de partir pour l'Amérique le plus tôt possible...

— Elle devrait déjà y être ! souligna la mère de Titos d'un ton malicieux. Et son fils devrait être à l'école, au lieu de lézarder toute la journée... J'ai proposé de m'en occuper, mais Anna a refusé avec véhémence.

— Peut-être l'a-t-elle fait pour éviter de vous faire de la peine, fit étourdiment Tania.

Kyria Melissa et son fils lui jetèrent un regard réprobateur et gardèrent quelques instants un silence glacial.

— Anna... vous a-t-elle parlé du père de l'enfant ? demanda enfin la vieille dame.

— Non, admit son interlocutrice.

Titos attira doucement à lui la jeune archéologue et lui caressa légèrement les cheveux.

— Tania est aussi impulsive que Fergus était prudent, expliqua-t-il à l'adresse de sa mère. Son imagination l'emporte, et elle se laisse entraîner bien trop vite à des conclusions saugrenues. Cependant, elle n'a que de bonnes intentions, n'est-ce pas, *agapi mou ?*

— Minos vous ressemble tellement ! s'exclama sa compagne.

— Cela arrive, ne croyez-vous pas ? Même entre étrangers...

— Peut-être... mais en tout cas, il mérite que l'on s'intéresse à lui. C'est un enfant tellement adorable...

— C'était à moi de m'en occuper, intervint Melissa. J'aurais dû le faire dès le début... Entrez dans la maison, Tania ; je vais préparer du café, et vous pourrez me parler un peu de votre travail.

Cette dernière s'apprêtait à répliquer qu'elle ne comprenait pas pourquoi la grand-mère du petit garçon aurait dû en prendre soin, plutôt que son père lui-même ; mais un regard impérieux de Titos l'arrêta. Elle se dirigea vers les marches, troublée par l'importance croissante de Titos Michalakis dans sa vie. C'était d'autant plus étrange qu'elle n'éprouvait rien pour lui.. et lui rien pour elle !

4

— Nous avions déjà un visiteur, lança Melissa par-dessus son épaule, tout en pénétrant dans la demeure. Vous le connaissez peut-être, Tania ; il prétend être un ami de votre frère. Allez lui parler, je vous en prie, et expliquez lui où est Fergus actuellement. lorsque je le lui ai dit, il n'a pas voulu me croire !

— Qui est-ce ? interrogea la jeune femme, étonnée.

La mère de Titos haussa les épaules.

— Comment s'appelle-t-il, déjà ? Voyons... c'est un Anglais, comme vous... Ah ! Ross, c'est cela. Ce nom vous évoque quelque chose ?

— Non, je ne vois pas.

— Allons le saluer, proposa Titos.

Il saisit le coude de la jeune femme et la guida vers le salon.

Le personnage installé sur le sofa ne pouvait effectivement être qu'un Anglais. Il avait un visage osseux, au front haut, un regard intelligent derrière des lunettes cerclées d'acier et un sourire étonamment juvénile.

Son regard parcourut Tania d'un air appréciateur.

— Vous êtes bien la sœur de Fergus Drummond, n'est-ce pas ? C'est merveilleux ! Vous allez pouvoir me dire où il se trouve. Mme Michalou... Michalakou... — je n'arrive jamais à prononcer ces noms grecs — n'a pas paru comprendre ce que je lui demandais...

— Je vous présente son fils, se hâta de signaler l'archéologue, monsieur Titos Michalakis. Il est également le beau-frère de Fergus...

— Je me présente : Dick Ross, répondit le visiteur, après un court silence.

Puis, aussitôt, il laissa libre cours à son étonnement.

— Voulez-vous me faire comprendre que Fergus Drummond est marié ? Je n'arrive pas à y croire...

Il se pencha en avant, l'air inquisiteur.

— Mais depuis quand ? Où est-il à présent ?

— Au Pérou, répondit Tania avec fermeté. En compagnie de sa femme, qu'il a épousée récemment. Il a été invité à participer à des fouilles extrêmement importantes...

— Vous avez son adresse ?

Tania Drummond tourna les yeux vers Titos, en un appel muet.

— Il est impossible actuellement de joindre mon beau-frère, indiqua ce dernier. Vous avez besoin de lui ?

— Oui. Tant pis ! Sa ravissante sœur fera peut-être l'affaire...

Un tic nerveux agitait le visage de Dick Ross, contrastant avec l'impassibilité du Crétois.

— De quoi s'agit-il ? demanda celui-ci d'un ton sec.

— Vous ne la trouvez pas ravissante ? fit l'Anglais, sans répondre. Fergus ne la montrait pas beaucoup, n'est-ce pas, Tania ? Il avait tort...

Il eut un rire déplaisant et la jeune femme détourna la tête, mal à l'aise, consciente de la réprobation de Titos.

— Vous travaillez avec Fergus ? interrogea-t-elle enfin, lorsque le silence devint trop lourd.

— Non ! Pas avec lui directement, avec sa maison d'édition, expliqua l'intéressé. Justement, il aurait dû nous rendre son manuscrit sur la Crète il y a deux mois, et nous commencions à nous inquiéter un peu...

Naturellement, je sais par Fergus que vous tapez tous ses ouvrages à la machine, et vous aurez pris un peu de retard pour celui-là. Aucune importance, ma chère. Je comptais de toute façon vous demander de me faire visiter l'île. Quelques semaines de plus ou de moins ne feront pas de différence !

— Malheureusement, Tania sera dans l'impossibilité de vous servir de guide en ce moment, coupa Titos, le visage fermé.

— Mais... commença la jeune femme.

— Elle a d'autres engagements, l'interrompit-il.

— Vraiment ! s'exclama-t-elle. Et lesquels, s'il vous plaît ?

L'apparition de Melissa, chargée d'un plateau, dispensa son fils de répondre.

L'Anglaise attendit que le café fût servi, puis elle revint à la charge :

— Je n'ai aucun engagement, lança-t-elle. Si M. Ross veut visiter l'île...

— Vous ne pouvez pas y aller seule, et Rhéa ne peut pas vous accompagner.

— Et alors ? J'ai tout à fait l'intention de visiter la Crète avec M. Ross. Rien ne m'en empêche.

— Vous avez raison, ma chère, intervint la vieille dame. Titos, je ne suis pas d'accord avec toi. La société britannique est plus permissive que la nôtre, et Tania est assez âgée pour prendre ses propres décisions. Nous n'avons pas à lui imposer nos conceptions crétoises. Où irez-vous pour commencer ?

— A Knossos, je pense, répliqua l'archéologue.

— Phaestos est plus intéressant, remarqua Titos, avec une expression relativement indifférente.

Il avait visiblement renoncé à contrecarrer les projets de Tania. Celle-ci, bizarrement déçue, s'efforça néanmoins de poursuivre la conversation.

— J'aimerais beaucoup voir Phaestos, dit-elle doucement.

— Un jour, je vous y amènerai, promit Titos.

Dick Ross s'agita un peu nerveusement sur son siège.

— En attendant, je vous serai reconnaissant de me montrer Knossos, ma chère Tania, prononça-t-il. Ainsi, vous aurez tout loisir de m'expliquer ce qui vous a mise en retard pour taper le manuscrit de votre frère...

— A vrai dire, je ne connaissais pas la date limite, murmura maladroitement la jeune femme en se mordillant les lèvres.

— Vraiment ? Vous m'étonnez. Fergus n'a pas pu vous laisser ignorer que son ouvrage devait paraître pour Noël... Il nous a encore écrit il y a quelques semaines, pour nous affirmer que le manuscrit était prêt. Il lui restait deux ou trois chapitres à finir, certes, mais rien d'autre !

Tania se sentait de plus en plus mal à l'aise.

— C'est ennuyeux, balbutia-t-elle. J'ai trouvé très peu de notes, en arrivant, sur la manière de mettre le manuscrit en ordre. D'ordinaire, Fergus est beaucoup plus précis. Je m'apprêtais à le faire moi-même...

Dick Ross secoua négativement la tête.

— Je le regrette, mais ce n'est pas possible, répondit-il. Votre frère est un spécialiste. Vous pouvez très bien taper ses manuscrits à la machine, mais c'est une autre histoire que d'organiser et de rédiger une étude !

Le rire de Titos éclata soudain, résonnant dans la vaste pièce.

— Mon cher, tous les livres de M. Fergus Drummond ont été écrits d'un bout à l'autre par sa sœur, ici présente ! s'exclama-t-il.

Dick Ross lui adressa un regard sceptique et presque méprisant.

— J'ai souvent rencontré M. Drummond, laissa-t-il tomber, et il ne m'a jamais parlé du rôle éventuel joué par sa sœur dans la rédaction de ses ouvrages, mis à part le fait de les taper. Nous n'aurions pas accepté qu'un amateur participe à notre collection, vous pensez bien !

— C'est pourtant ce qui s'est passé réellement, railla le crétois.

— Sauf que je ne suis pas un simple amateur, souligna sa compagne.

Le visiteur posa sa tasse de café sur la table et prit un air horrifié.

— Est-ce bien la vérité ? Mais c'est épouvantable ! fit-il enfin.

Tania humecta ses lèvres desséchées.

— Fergus préférait que cela ne se sache pas, expliqua-t-elle. Maintenant, je dois vous dire une dernière chose… Mon frère et sa femme ont été portés disparus au Pérou, monsieur Ross. Il y a de moins en moins de chances de les retrouver vivants.

Des larmes faisaient trembler sa voix.

— Et qu'advient-il de son livre sur la Crète ? demanda l'Anglais après un silence.

— Je vais le terminer et vous l'envoyer.

— Non ! Encore une fois, ce n'est pas possible. Nous ne pouvons pas publier votre travail sous un autre nom, et nous avons besoin du nom de votre frère ; c'est une excellente publicité. J'ai bien peur que toute cette affaire ne représente pour nous une énorme perte sèche…

Tania se pencha en avant.

— Vous pouvez me faire confiance, je vous assure, supplia-t-elle. Venez avec moi à l'autre villa, je vous montrerai le travail en cours…

Dick Ross plissa les lèvres, un tic nerveux jouant dans sa joue.

— Pourquoi pas ? admit-il. Cependant, je dois l'avouer, je suis étonné de voir Fergus confier une telle responsabilité à une toute jeune femme inexpérimentée…

— Je suis archéologue moi aussi, rappela-t-elle.

L'Anglais prit un air indulgent.

— Vous avez suivi votre frère sur un ou deux chantiers, peut-être, admit-il. Ce n'est pas cela qui fera de vous une archéologue...

Tania ne répondit pas. Ross se leva et lui adressa un sourire suffisant.

— Eh bien, je viendrai vous voir ce soir, de toute manière, lança-t-il. Donnez-moi donc votre adresse...

Elle lui donna le renseignement demandé et se leva à son tour pour le reconduire. A sa grande surprise, l'homme se pencha, lui prit la main et lui embrassa maladroitement le bout des doigts.

— A ce soir, murmura-t-il. Je suis enchanté de vous avoir rencontrée. Fergus ne m'avait pas dit combien vous étiez jolie...

— Il n'avait pas dû s'en apercevoir, répliqua-t-elle.

Titos s'était approché nonchalamment.

— Fergus ne pensait jamais à vous, dit-il d'un ton moqueur. Mais M. Ross, lui, y pense trop... Je vais envoyer Rhéa pour partager votre dîner, je crois.

— Non, intervint Kyria Melissa. J'ai besoin d'elle.

— Tant pis, rétorqua Titos avec impatience.

— Comme tu voudras, mon fils, fit la vieille dame en haussant les épaules. Mais tu vas certainement irriter Tania...

— Je ne savais que j'étais un tel danger public, lança l'Anglais d'un ton sec. Dans un sens, je suis flatté...

Titos Michalakis le toisa avec mépris.

— Vous n'êtes pas en Angleterre, dit-il froidement, et ici Miss Drummond est sous ma protection. Une Crétoise ne passerait jamais la soirée seule avec un homme, et je tiens à ce qu'il en aille de même pour Tania.

— Je ne suis pas crétoise, protesta faiblement l'intéressée. Et j'ai l'habitude de me débrouiller seule...

— Vous êtes complètement inconsciente des dangers qui vous menacent ! s'exclama le fils de Melissa. Vous

vous fiez à une image de vous-même qui n'existe pas vraiment. Seulement, vous ne le savez pas encore...

Sans attendre sa réponse, il se dirigea vers la porte, l'ouvrit et serra la main de Dick Ross.

— Prenez soin d'elle, dit-il.

— Comptez sur moi, répliqua l'autre, assez éberlué. Seul le livre de Fergus m'importe. Cela dit, Fergus Drummond est un joyeux luron, vous savez ! Sa sœur est peut-être comme lui...

Il souriait d'un air fat.

— Non, rétorqua Titos d'un ton glacial. Au contraire.

L'Anglais s'esquiva et le Crétois referma la porte avec un claquement sec.

Tania leva les yeux, consciente du regard aigu de Melissa fixé sur elle.

— Dans un sens, cet homme a raison, fit cette dernière. Nous ne savons rien de vous, ma chère enfant. Parlez-nous un peu de votre vie. Après tout, nous avons le droit de savoir...

La jeune femme, se demandant par où commencer se rassit sur le canapé.

— Mes parents ont divorcé lorsque j'étais encore à l'école, dit-elle. Ils sont partis, et Fergus s'est occupé de me faire inscrire à l'université...

La vieille dame claqua sa langue avec désapprobations.

— Ce ne sont pas vos résultats scolaires qui nous intéressent ! s'écria-t-elle. C'est vous-même, quel genre de personne vous êtes...

— Je vois, répondit Tania en avalant sa salive. Eh bien, je suis quelqu'un de très ordinaire...

Titos, qui était resté debout, se laissa tomber à son tour dans un fauteuil et intervint.

— Ce que ma mère veut réellement savoir, expliqua-t-il, c'est si vous avez été amie avec des hommes. Vous n'êtes pas obligée de lui répondre si vous ne le souhaitez pas.

Son interlocutrice poussa une exclamation interloquée, presque choquée.

Pendant un court instant, elle fut tentée de s'inventer un passé scandaleux, mais une impulsion raisonnable lui intima de n'en rien faire. Titos n'aurait pas cru un mot de ces mensonges éventuels et ses réparties auraient eu sur Kyria Melissa un effet désastreux.

— Je... je me suis toujours concentrée sur mon travail, commença-t-elle. Je n'avais pas le temps de me laisser distraire par des histoires romantiques... De toute façon, d'après Fergus, je suis froide et peu attirante.

Titos et sa mère échangèrent un coup d'œil.

— Qu'ont pensé vos parents de votre carrière? demanda Melissa avec un sourire. Ne craignaient-ils pas de vous voir vous engager dans une voie difficile, et somme toute encore très masculine?

— Non, ils l'ont bien accepté.

— Ont-ils d'autres enfants?

— Oui. Je n'ai jamais vu ceux de ma mère, car la Nouvelle-Zélande est trop éloignée, mais en revanche, je connais bien ceux de mon père. Il visite souvent l'Angleterre avec sa famille. Evidemment, sa deuxième femme répugne un peu à nous recevoir, Fergus et moi...

— Sa « famille? » souligna la vieille dame d'un ton froid. N'êtes-vous pas vous aussi sa « famille? »

Tania rougit, réalisant qu'elle était tombée dans le piège. A présent, la Crétoise était convaincue que la jeune femme n'avait pas eu d'univers familial stable. C'était un mauvais point en sa faveur.

— J'avais Fergus, protesta-t-elle.

A son grand étonnement, Melissa sauta alors sur ses pieds, des larmes sillonnant ses joues, et elle se précipita sur une Tania éberluée qu'elle serra dans ses bras.

— Fergus ! gémit-elle. Mais il est indigne ! Ne vous en faites pas, nous serons votre famille. Nous nous occuperons de vous, Titos vous conseillera...

— Mais je n'ai pas besoin d'être conseillée ! s'exclama Tania, tout en se dégageant, de plus en plus stupéfaite.

La mère de Titos se rassit, remettant en place dans sa coiffure quelques épingles à cheveux.

— Si, *kori mou,* je vous assure, répondit-elle. Nous nous chargerons de vous trouver un bon mari, n'est-ce pas, mon fils ? Il ne serait pas convenable de laisser cette jeune fille sans protection...

— C'est certain, *mama,* acquiesça l'intéressé avec un sourire.

— Je ne veux pas... commença la jeune Anglaise, inquiète.

— Chut ! l'interrompit Melissa. Rhéa va vous raccompagner à la villa. Vous ne souffrirez plus jamais de la solitude...

— Je n'en ai *jamais* souffert !

— Mais si, voyons ! avec vos parents si loin de vous... Je vais appeler Rhéa.

— Laissez, *mama*, intervint Titos. Je la raccompagnerai moi-même.

— Bien, entendu, approuva sa mère. Pauvre Tania, toute seule au monde avec son frère !

Elle joignit les mains d'un air désolé, ressemblant de plus en plus à une petite abeille.

L'archéologue se leva sans répliquer. Mieux valait abandonner la partie. Melissa se tourna vers son fils et se mit à parler dans sa langue natale, rapidement, avec de grands gestes affolés. Finalement, elle fondit en larmes dans son fauteuil. Tania s'apprêtait à la consoler mais Titos la saisit impérieusement par le bras et obligea sa jeune compagne à quitter la pièce, abandonnant derrière eux la vieille dame effondrée.

— Quelle dureté ! ne put-elle s'empêcher de s'écrier. Comment pouvez-vous laisser votre mère seule dans cet état ?

— Je suis obligé de vous raccompagner, coupa-t-il d'un ton abrupt. Rhéa est partie en visite et elle n'est pas encore rentrée.

Tania fit un violent effort pour se dégager, puis frotta son bras meurtri.

— Il ne peut vraiment rien m'arriver entre ici et la villa, fit-elle d'une voix lasse. Pouvez-vous me laisser tranquille à la fin ?

— Vous savez très bien pourquoi je ne peux pas, justement, rétorqua-t-il en lui lançant un regard aigu.

Ses yeux brillaient d'une émotion contenue, énigmatique.

— Je ne comprends pas le moins du monde ce à quoi vous faites allusion, répliqua-t-elle froidement.

Sans prononcer un mot, il posa sa main sur le cou de la jeune femme et l'attira doucement à lui. Elle sentit ses jambes se dérober sous elle.

— Titos, je vous en prie... protesta-t-elle faiblement.

Il se contenta de sourire, puis souleva légèrement le ravissant visage et déposa ses lèvres chaudes sur celles de Tania. Celle-ci ferma les yeux, et, sans plus réfléchir, glissa ses mains autour du cou de son compagnon. Il l'enlaça plus étroitement et renouvela plusieurs fois ses baisers tendres et passionnés. Puis il la relâcha enfin, et la dévisagea quelques instants, souriant à nouveau.

— Voilà ce qui arrive aux jeunes promeneuses solitaires, fit-il ironiquement.

— Seulement avec vous ! répondit-elle avec amertume, déçue par ses paroles.

— Vous connaissez-vous donc si mal, *kartia mou?* Cela pourrait vous arriver avec n'importe qui...

— Non! s'exclama-t-elle furieuse. Tous les hommes ne sont pas comme vous, vous savez! Je suis sûre que Dick Ross se comporterait en parfait gentleman...

— Je n'en mettrais pas ma main au feu, railla-t-il. Ma mère a parfaitement raison : vous avez besoin d'un mari.

— Oh, ne remettez pas cela sur le tapis, je vous en prie! Je me trouve très bien comme je suis. Je n'ai pas l'intention de convoler.

Titos posa une main chaude sur l'épaule de Tania. Elle frissonna.

— Supposons... que vous deveniez ma femme? murmura-t-il.

Elle humecta ses lèvres desséchées, résistant à la tentation de se jeter dans ses bras.

— Vous n'avez aucune envie de m'épouser, fit-elle d'une voix mal affermie. Je vous décevrais rapidement. Je n'ai pas le tempérament de... d'Anna!

Le mot était lâché. Comprendrait-il qu'elle était incapable d'ôter à Anna le père de son fils? Elle se mit à courir le long du sentier, avec toute la force du désespoir.

Son compagnon la rejoignit sans aucune difficulté et l'attrapa par la taille.

— Anna! lança-t-il d'un ton indifférent. Elle ne m'est absolument rien, le savez-vous? Pourquoi diable en êtes-vous jalouse? Vous n'êtes pas aussi froide que vous le prétendez, vous voyez bien... Il est temps de tenir compte de vos émotions, de vivre avec votre corps, ma chère Tania.

— Vous me trouvez immature, protesta-t-elle. Vous ne m'aimez pas...

— Je vous trouve inexpérimentée, c'est différent. Quant à l'amour...

Il cueillit une branche de thym et lui en caressa malicieusement la joue.

— L'amour, reprit-il, vient souvent après le mariage. Je veux dans ma maison une femme, et de nombreux fils...

— Vous avez Minos, objecta-t-elle.

— J'ai Minos au même titre qu'Elena et que Rhéa, expliqua-t-il. Ce n'est pas la même chose.

Tania le dévisagea, se demandant quelle décision prendre. Sa proposition était déconcertante, inhabituelle : mais elle réalisait peu à peu qu'il lui serait impossible de refuser. L'air de la Crète devait produire sur elle un effet étrange, la métamorphoser...

— Je ne sais vraiment pas quoi dire, Titos, chuchota-t-elle.

Il l'attira à lui à nouveau, avec un léger rire.

— Ne dites rien, Tania *mou.* Vous êtes la femme dont j'ai besoin, je ne vous laisserai pas vous en aller. N'êtes-vous pas d'accord avec moi ?

— Cela ne durera peut-être pas, fit-elle faiblement, posant sa tête sur son épaule. Ce ne sera peut-être qu'un éclair, un coup de tonnerre au milieu d'un orage.

— C'est moi qui commande au tonnerre, répliqua-t-il en riant plus fort. Lorsque vous l'entendez, il s'agit en fait de ma propre voix !

A ce moment-là, elle ne pouvait s'empêcher de le croire.

5

— Pardon ? fit Tania, l'air distrait.

Rhéa dissimula un sourire.

— Vous n'avez rien écouté, reprocha-t-elle gentiment. Je vous expliquais combien vous vous êtes montrée habile avec *mama*. Elle vous aime beaucoup, à présent. Evidemment, elle risque de se montrer contrariée si vous épousez Titos : elle a toujours souhaité le voir marié à une Crétoise...

— Titos fera ce qui lui plaira, je suppose.

— Comme tous les hommes, soupira Rhéa. Mon père se conduisait ainsi ; ma mère en était très malheureuse. Mais Titos serait un mari idéal, vous ne trouvez pas ?

— Je n'y ai pas réfléchi, fit son interlocutrice d'un ton neutre. J'ai eu énormément de travail ces derniers jours...

— Titos a beaucoup à dire là-dessus, objecta l'adolescente. D'abord, c'est le travail de Fergus...

Elle s'interrompit, n'osant visiblement pas aller plus loin. Qu'est-ce que Titos avait bien pu dire d'autre à son sujet ? se demanda silencieusement la jeune Anglaise.

— Je n'épouserai jamais un Grec ! lâcha-t-elle soudain à voix haute. Il ne laisserait aucune indépendance à sa femme...

— Il prendrait soin d'elle, c'est tout, précisa Rhéa. En outre, il lui serait fidèle...

— Dans le cas de Titos, j'en doute !

— Vous vous trompez, admonesta calmement la Crétoise. Il respecte trop la notion de famille. Son épouse ne regrettera pas de l'avoir choisi.

— Votre frère se soucie assez peu d'Anna, objecta Tania.

— Il s'occupe d'elle autant que nécessaire, au contraire. Anna a causé à notre famille un mal infini. Sans Titos, ma mère aurait refusé fermement de les aider, elle et son fils.

— Minos est tout de même la propre chair de Titos...

— Le même sang, disons. Au même titre qu'Elena et moi. En tout cas, nous avons tous veillé sur l'enfant. En Crète, il serait inconcevable de se comporter autrement ! Nous avons été tellement choqués lorsque Fergus a jugé inutile d'inviter sa propre sœur à son mariage...

Son interlocutrice frémit imperceptiblement. Elle avait profondément souffert, effectivement, de ne pas avoir été conviée à la cérémonie.

— Mon frère a toujours fait de son mieux, fit-elle à voix haute, dissimulant son émotion.

Rhéa eut un sourire compatissant.

— D'après Titos, il ne vous a pas vraiment aidée à entrer à l'université ; l'état vous a octroyé une bourse, comme il le fait pour tous les étudiants doués. Fergus n'avait à vous aider que pour le superflu, et, toujours selon Titos, vous n'avez pas eu beaucoup de distractions. Vous consacriez toutes vos vacances à travailler pour lui sur des chantiers de fouilles... Mon frère dit aussi que vous êtes très jolie mais... quel mot a-t-il employé ? Ah ! « inconsciente », c'est cela.

Tania souhaitait que le terme fût exact ; mais il ne l'était plus. Depuis son arrivée en Crète, elle était profondément consciente de l'existence de Titos Michalakis... Mais ce dernier ne se rendait pas compte que c'était elle qui avait insisté pour l'aider, pour le suivre partout, croyant que c'était là le seul moyen d'attirer son attention. Les autres hommes, à côté, existaient à peine. Ils lui restaient indifférents. Sauf, à présent, Titos... Son regard sombre, son ironie suffisaient à embraser les joues de Tania. Elle frémissait à son contact, comme subitement touchée par la foudre... Mais tout cela ne suffisait pas pour construire un mariage. Elle avait autant besoin d'amour et de tendresse que de passion physique. Il lui était donc impossible de répondre positivement à sa proposition. En outre, au cas où elle accepterait tout de même d'épouser Titos, Fergus ne le lui pardonnerait jamais.

Tania changea de position sur son siège, s'efforçant de chasser de son esprit ce qui s'était passé un peu plus tôt entre elle et le Crétois. Son regard croisa celui de Rhéa, pétillant d'amusement moqueur.

— En Angleterre, fit cette dernière d'un ton gentiment taquin, vous croyez que la femme a toujours le dernier mot ; mais nous savons, en Crète, qu'il n'en est rien. Mon frère arrive absolument toujours à ses fins, même auprès de *mama!*

— Avec moi, ce sera différent, souligna fermement son interlocutrice. Les Drummond sont connus pour leur esprit d'indépendance. Personne ne les enchaîne !

Le sourire de l'adolescente s'élargit.

— Pourtant, Fergus a bien dû se soumettre aux exigences de Titos, à la fin...

— Non ! protesta l'autre en serrant les poings. Il a emmené Elena au Pérou, contre la volonté de toute la famille.

— Titos n'aimait pas beaucoup cette idée, c'est vrai. Mais un mari a le droit d'emmener son épouse avec lui, et cela mon frère l'admettait. C'est un homme juste !

— Donc, Fergus ne s'est pas soumis à Titos ! jubila Tania.

— Si, à propos du mariage... Votre frère n'avait aucune envie d'épouser Elena. Il a résisté jusqu'au bout.

— Mais alors pourquoi... balbutia l'archéologue, désarçonnée.

Le sourire de Rhéa mourut sur ses lèvres ; elle prit un air sérieux et compatissant.

— Pardonnez-moi de vous bouleverser, Tania. J'ai déjà trop parlé. Si vous voulez en savoir plus, demandez à Titos lui-même.

La jeune Anglaise ouvrit la bouche pour répondre, mais fut interrompue par Anna qui venait annoncer l'arrivée de M. Dick Ross. Tania se leva en souriant pour l'accueillir.

— Bonsoir ! Entrez... dit-elle. Rhéa, je vous présente un ami de Fergus, monsieur Dick Ross. Et voici Rhéa Michalakis, monsieur Ross. Elle habite avec moi.

Le nouveau venu ignora superbement la jeune Crétoise et se laissa tomber sur le canapé, beaucoup trop près de son hôtesse.

— Appelez-moi Dick, laissa-t-il tomber.

Légèrement mal à l'aise, Tania se réfugia dans le coin du canapé et plaça discrètement un coussin entre elle et le visiteur.

— Je vais vous montrer les notes de Fergus... commença-t-elle.

— Pas tout de suite ! objecta Ross avec un rire fat. J'ai tout mon temps. Vous savez, il ne faut pas vous émouvoir si je vous ai jugée inapte à terminer le manuscrit. Il y a beaucoup d'autres choses dans lesquelles vous excellez, j'en suis sûr ! Et comme je compte rester ici une ou deux semaines, nous pourrons en faire quelques-unes ensemble...

Son interlocutrice faillit éclater de rire devant l'expression profondément choquée de Rhéa.

— Je préfère nettement travailler au livre de mon frère, répliqua-t-elle sèchement au visiteur.

— Inutile, mes patrons refuseront de le publier.

Il tapota la main de la jeune femme d'un air paternel.

— Vous êtes beaucoup trop jolie pour vous épuiser dans des sujets aussi arides ! ajouta-t-il.

Sa voix baissa d'un ton :

— Nous pourrions prendre un peu de bon temps, puisque vous êtes seule dans cette villa... poursuivit-il.

— Rhéa habite avec moi, je vous l'ai dit, rétorqua Tania.

— Renvoyez-la chez son frère ! Après tout, cette demeure appartient à Fergus...

L'archéologue s'apprêta à lui répondre vertement lorsqu'une pensée lui traversa l'esprit. Ross aurait-il par hasard l'intention de la demander en mariage ? A la colère se mêlait un étonnement profond. Pourquoi voyait-il en elle autre chose qu'une simple collaboratrice ? Elle n'aurait pas dû dénouer ses cheveux, adopter une conduite moins rigide. Voilà ce qu'elle récoltait !

— Je vais demander à Anna de vous apporter à boire, intervint soudain Rhéa, très raide sur son siège, presque blême. Dois-je aller chercher vos notes par la même occasion, Tania ?

— Non, Rhéa, merci, répondit l'intéressée. Je les prendrai moi-même.

Cela lui permettrait de disparaître un instant, songea-t-elle, et de natter ses cheveux comme auparavant. Ensuite, elle donnerait à M. Ross la réplique cinglante qu'il méritait. Elle quitta son siège et gagna sa chambre.

Cependant, une fois devant le miroir, elle se rendit compte que ses yeux et son visage brillaient d'un éclat nouveau, d'un rayonnement particulier. Le baiser de Titos, se dit la jeune femme... Le baiser de Titos expliquait cela... Néanmoins, elle se coiffa et referma la porte de la pièce.

Dans le hall, elle rencontra Rhéa, accrochée au téléphone, affolée et toute tremblante.

— Je vais prévenir ma mère ! s'écria-t-elle, au bord des larmes. Cet homme est un mufle !

— Que s'est-il passé ? interrogea doucement Tania.

— Il... il a dit que vous aimiez prendre du bon temps, comme Fergus, et que vous seriez fâchée si je vous empêchais...

Elle s'interrompit, bouleversée.

— Votre mère n'y peut rien, assura l'autre. Je vais m'occuper moi-même de ce personnage, ne vous inquiétez pas. Ce n'est probablement qu'un malentendu.

Elle reposa fermement le récepteur et pressa de manière rassurante l'épaule de Rhéa.

— Faites attention, Tania ! prévint celle-ci. S'il arrive quoi que ce soit, Titos insistera pour se venger de M. Ross...

— Titos n'a rien à voir dans l'affaire ! lança la jeune Anglaise, légèrement exaspérée.

Puis elle redressa le menton et pénétra dans le salon la tête haute.

Ross ne se donna même pas la peine de se lever.

— Je me suis débarrassé de cette importune, annonça-t-il d'un ton satisfait.

Tania sursauta, choquée.

— Rhéa n'a rien d'une importune, répliqua-t-elle. En outre, je n'ai, moi, nullement l'intention de me « débarrasser d'elle », comme vous dites. Elle est ici mon invitée, et il se trouve qu'elle voulait téléphoner à sa mère, tellement votre façon de parler de moi derrière mon dos l'a scandalisée !

A cet instant il se mit debout, son tic habituel reprenant de plus belle dans sa joue.

— Je n'avais pas l'intention de vous insulter, ma

chère, protesta-t-il. Vous et moi venons tout de même d'un pays un peu moins prude que celui-ci ! Mes paroles étaient somme toute parfaitement anodines... Réagissez, je vous en prie. Vous n'êtes pas crétoise, ne vous laissez pas enfermer dans leur système de surprotection de la femme. Venez plutôt avec moi, la vie sera moins monotone !

— Vous êtes trop aimable, railla la jeune femme d'un ton glacial, mais je ne m'ennuie pas. Asseyez-vous, monsieur Ross, je vais vous montrer les notes de Fergus. Même si je ne dois pas terminer le livre, vous pouvez au moins les consulter, c'est la moindre des politesses.

Elle se dirigea vers la porte, et s'effaça pour laisser passer Anna, chargée d'un plateau. Rhéa la suivait d'un air timide et apeuré.

— *Ti ipate?* lança la domestique à l'égard de Dick Ross, d'une voix peu amène. *Protimate Ioorkikon kafe i Neskafe?*

Inquiète de l'entendre s'exprimer en grec, Tania s'approcha. Cela ne présageait rien de bon.

— Peut-être préférez-vous un peu d'ouzo, dit-elle en hâte. Vous n'êtes pas obligé de prendre du café...

Anna leva la tête, l'air furieux, et marmonna quelques mots incompréhensibles.

— Elle dit qu'elle doit sortir, expliqua Rhéa. Il commence à faire noir, et Minos n'est pas encore rentré. En fait, c'est à cause de M. Ross...

— Minos? s'écria Tania en sautant sur ses pieds, sans entendre la fin de la phrase. Il faut aller le chercher ! Peut-être devrions-nous prévenir Titos...

— Non, intervint la mère de l'enfant, ayant soudain retrouvé l'usage de son anglais. Nous n'allons pas le déranger pour cela. Seulement, M. Ross a donné de l'argent à l'enfant pour s'éloigner, et je tiens à ce qu'il le rende ! Il ne doit pas prendre de mauvaises habitudes...

— S'agirait-il du petit garçon qui était dehors, tout à l'heure ? insinua Ross, tournant son sucre dans sa tasse avec un air sournois. Je lui ai demandé d'aller me chercher un taxi, et je lui ai donné quelques drachmes pour le dédommager. Je ne vois pas où est le mal !

— On lui a toujours recommandé de n'accepter d'argent de personne, expliqua froidement la femme. Même si Kyrios Fergus...

Il était plus que temps de s'affirmer comme la maîtresse de maison, songea Tania. Coupant la parole à la Crétoise, elle lui demanda :

— Voudriez-vous apporter du cognac et de l'ouzo, Anna ? Je suis certaine que M. Ross en prendra avec son café.

L'intéressée, reprenant le plateau après avoir servi tout le monde, haussa les sourcils d'un air contrarié.

— Kyrios Titos garde la clef du placard à liqueurs, laissa-t-elle tomber. Personne à part lui n'a le droit d'en offrir.

— Comment ! s'exclama l'Anglaise, exaspérée. C'est absolument intolérable ! Ce n'est tout de même pas lui le propriétaire...

— Si, intervint doucement Rhéa. Il n'a pas donné les titres de propriété à Fergus, afin de protéger les intérêts futurs d'Elena, et aussi parce que selon lui un homme doit pouvoir loger sa femme. De toute façon, les Anglais apprécient rarement l'ouzo.

— Ecoutez, répliqua nerveusement son interlocutrice. La villa appartient à mon frère, je le sais car il me l'a écrit. Et Titos Michalakis ferait mieux de ne rien enfermer dans une propriété Drummond ! J'ai bien envie de lui téléphoner et d'exiger qu'il apporte cette clef immédiatement !

La jeune Crétoise garda le silence, les yeux baissés. C'était inutile, toutes deux le savaient très bien.

— Incroyable, remarqua Dick Ross. Envoyez donc la domestique...

— Oh, taisez-vous, je vous en prie, coupa Tania, désespérée par son impuissance devant l'inflexible Titos. Je lui en parlerai la prochaine fois que je le verrai.

— Bientôt, je suppose, ironisa l'homme. C'est à croire que vous vivez littéralement dans sa poche... Est-il si important pour vous ?

— Il est le beau-frère de Fergus, voilà tout, soupira-t-elle.

— C'est aussi son *koumbaros,* précisa Rhéa, comme si cela expliquait tout.

— Le *koumbaros* est un témoin au mariage, mais il garde par la suite un rôle très important, précisa la jeune Anglaise. Il prend soin de toute la famille...

— Vous y compris, je crois, railla Ross, portant la main à sa joue où le tic avait repris.

— En quelque sorte, murmura Tania.

— Quelle possessivité ! Vous ne pouvez plus faire le moindre geste sans être épiée, dominée... Les Grecs ne laissent aucune indépendance à leur femme !

Tania frémit. Il reprenait les mots exacts qu'elle avait elle-même employés avec Rhéa, plus tôt dans l'après-midi...

Elle se dirigea vers la table, ramassa les notes de Fergus et les quelques pages déjà rédigées par ses soins à elle.

— Si vous ne me permettez pas de terminer l'étude de mon frère, annonça-t-elle, je rentrerai en Angleterre. Je pourrai toujours enseigner en attendant les premières fouilles estivales...

— Enseigner ? s'exclama Ross. Je vous croyais simplement secrétaire !

— Non, j'ai tous mes diplômes d'archéologie.

— Donnez-moi cela, fit-il d'un ton soudain sérieux, en s'emparant des papiers. Je vais les lire au calme. Archéologue, une jolie fille comme vous ! Si j'avais su...

— C'est pourtant vrai, sourit-elle.

— Bon, conclut-il d'un air pensif. Je vous ferai connaître ma réponse dans quelques jours. En attendant, ne fatiguez pas trop votre ravissante petite tête... Etes-vous toujours d'accord pour m'accompagner à Knossos ?

— Je suppose, fit-elle en s'asseyant au bord du canapé.

En fait, elle n'avait pas le choix... L'homme lui jeta un regard déplaisant par sa familiarité.

— Vous verrez, ce sera très agréable, assura-t-il. Vous ne m'en voulez pas de vouloir prolonger le contact entre nous, n'est-ce pas ? Vous êtes tellement séduisante... Vous devez tourner la tête à tous les archéologues des chantiers où vous participez !

Un bruit dans la cuisine empêcha la jeune femme de répondre. Anna fit son entrée, rayonnante :

— Minos a ramené un taxi, annonça-t-elle. Dois-je servir un café au chauffeur pendant qu'il attend ?

Tania souhaitait secrètement que Ross parte le plus vite possible, mais l'intéressé se carra dans le canapé.

— Je reste encore une demi-heure, répondit-il. Ce garçon a été très rapide.

La domestique lui lança un regard lourd de reproches.

— Il s'est dépêché à cause de la pluie, souligna-t-elle. Maintenant, il est trempé !

Rhéa se leva d'un bond, l'air compatissant.

— A-t-il de quoi se changer ? interrogea-t-elle.

— Non, pas ici...

— Je vais lui prêter des vêtements, dans ce cas, conclut l'adolescente.

Les deux femmes disparurent.

— Enfin seuls ! s'écria l'Anglais, souriant largement.

Sa compagne prit un visage fermé.

— Une nouvelle tasse de café, monsieur Ross ?

— Non, surtout pas ! Il faut nous dépêcher, ma chère. Pour une fois que nous avons l'occasion...

Il se leva tout en parlant. Tania l'observait sans comprendre.

— Vous aviez bien une idée derrière la tête, en m'invitant ici, n'est-ce pas ? commença-t-il tout en s'approchant. Soyez gentille, et je vous laisserai finir le livre de Fergus...

Horrifiée, elle comprit enfin, trop tard. Il la saisit en bloquant toute résistance et pencha la tête. Heureusement, au même instant, une légère toux se fit entendre ; quelqu'un avait pénétré dans la pièce. Tania sauta sur l'occasion et se dégagea, s'abritant derrière le canapé et dardant sur Ross un regard incendiaire.

Titos traversa le salon et ramassa les notes tombées sur le tapis. Puis il les tendit à l'Anglais.

— Votre taxi attend devant la porte, dit-il d'une voix neutre.

L'autre s'empara des documents sans un regard pour Titos.

— Nous nous reverrons à Knossos, lança-t-il à la jeune femme. Au moins, nous pourrons nous entendre sans être perpétuellement interrompus...

— Oui, fit-elle mollement, rougissant en croisant le regard du Crétois. Je n'ai pas pu offrir à boire à M. Ross, reprit-elle en s'adressant à lui, parce que vous avez eu l'idée saugrenue de prendre la clef. Pourrais-je l'avoir, s'il vous plaît ?

Il haussa les sourcils, l'air amusé, puis se détourna pour ouvrir la porte à Dick Ross. Celui-ci disparu, il revint dans la pièce et dévisagea fixement la jeune archéologue.

— Qui vous a envoyé chercher ? explosa-t-elle, folle de rage. Je déteste la façon dont vous allez et venez dans cette maison sans y être invité !

Consternée, elle le vit sourire sans paraître offensé le moins du monde.

— N'êtes-vous pas heureuse de me voir ? rétorqua-t-il. Peut-être vous sentez-vous mauvaise conscience...

— Je ne vois pas pourquoi !

Le sourire de Titos s'effaça et Tania frissonna.

— Etrange, rétorqua-t-il. Vous avez pourtant accepté de passer un moment seule dans une pièce avec un homme contre lequel je vous avais mis en garde. Ne vous faites donc pas plus naïve que vous ne l'êtes ! Et détachez vos cheveux, je ne supporte pas cette coiffure...

Elle ouvrit la bouche et la referma, jugeant plus prudent de se taire. Il s'approcha, ôta vivement l'élastique qui maintenait la natte brune et prit un air satisfait en voyant les cheveux de la jeune femme encadrer souplement son visage.

— Bien, murmura-t-il. A l'avenir, montrez-vous plus prudente, cela sera plus efficace que d'essayer de paraître banale. En outre, à présent, vos yeux brillent trop, et votre bouche invite au baiser, *koritsi mou.* Vous n'êtes plus la même... et vous m'appartenez déjà.

— Non ! souffla-t-elle, les yeux agrandis.

— Peut-être pas encore tout de suite, mais bientôt, lorsque vous serez ma femme, précisa-t-il. Je vous considère comme ma fiancée. Et, s'il vous plaît, que faisait ma fiancée dans les bras d'un autre homme, tout à l'heure, quand je suis entré ?

— Je n'ai jamais dit que je vous épouserais, Titos, objecta maladroitement Tania en baissant les yeux.

Elle s'efforça de calmer le tremblement de sa voix : il ne devait pas se douter de l'émotion qui la traversait.

— Si M. Ross refuse de me laisser terminer le livre de Fergus, je rentrerai en Grande-Bretagne, ajouta-t-elle.

— Je vois, fit-il d'un ton amusé. Et vous étiez précisément en train d'en parler avec lui, n'est-ce pas ?

Elle hocha la tête, incapable d'articuler un son. Son

ironie la déconcertait totalement. Il n'avait pas le droit de se moquer ainsi !

— Ne puis-je pas discuter de la situation avec lui, à votre place ? interrogea-t-il. Je n'aime pas vous savoir en sa compagnie.

— Pourquoi ? Je dois apprendre à me défendre moi-même, objecta-t-elle.

— Peut-être, mais je ne lui fais aucune confiance. Je suis responsable de vous et je tiens à vous protéger.

Cependant, Tania ne se laissait pas convaincre. Tout en secouant la tête, elle déclara :

— Je me suis toujours débrouillée seule, et j'ai la ferme intention de continuer. Je ne veux pas vous épouser, car je ne me marierai que par amour...

Toujours souriant, Titos entoura la jeune femme de ses bras.

— Vous avez beau discuter, Tania, dit-il à voix basse. C'est moi qui l'emporterai tout de même. Je suis Zeus, ne l'oubliez pas. Et on ne répond jamais non à Zeus...

6

Tania s'apprêta à répliquer vertement. Titos avait tort de se prendre pour Zeus ! Mais déjà il reculait et semblait ailleurs...

— Pourquoi êtes-vous venu ? articula-t-elle alors, essayant de se ressaisir.

— Pour vous voir ! dit-il simplement. N'est-ce pas une raison suffisante ?

— Non ! Je ne vous crois pas.

— Eh bien, il y en a une autre...

Son visage prit une expression énigmatique, et sa compagne devina qu'il s'agissait d'une nouvelle importante. Son cœur se mit à battre à toute allure. Est-ce que Fergus...

— On l'a retrouvé, annonça-t-il, comme s'il lisait dans les pensées de son interlocutrice. Plus exactement, un hélicoptère a repéré un homme, errant en pleine montagne...

— Seul ? murmura la jeune femme.

— Apparemment.

— Alors... Elena ?

— Je ne sais pas. Il nous faut espérer... Peut-être l'attend-elle dans un abri, pendant qu'il est allé chercher du secours... Tout est possible.

Tania poussa un profond soupir.

— Il y a beaucoup de chances pour que l'homme soit

Fergus, reprit-il d'un ton rassurant. Gardez courage. A présent, je dois aller prévenir ma mère. Mais s'il vous plaît, ne dites pas à Rhéa que l'on n'a pas trouvé Elena, je vous en prie. Mieux vaut attendre...

Il fit une pause, puis ajouta :

— Me donnerez-vous un baiser d'adieu, ce soir ?

— Non ! s'exclama-t-elle.

Titos sourit d'un air moqueur.

— Tant pis ! Mais n'embrassez personne d'autre... M. Ross peut se trouver un autre flirt si cela lui chante !

— La décision d'embrasser qui je veux m'appartient, souligna-t-elle un peu sèchement. Je vous l'ai dit, je ne suis pas votre possession...

— Attendez quelque temps, fit-il d'un ton faussement menaçant, tout en éclatant d'un rire franc. Bonsoir, Tania *mou,* faites de beaux rêves.

Et cette nuit-là, à sa grande surprise, la jeune femme dormit parfaitement bien. Lorsqu'elle apparut au petit déjeuner, Anna et Rhéa étaient déjà installées dans la cuisine et devisaient en riant aux éclats. La jeune sœur de Titos semblait transformée par la nouvelle concernant Fergus.

— Quand votre frère sera rentré, lança-t-elle à Tania, vous pourrez écrire votre propre livre, n'est-ce pas ? Ce soir, je vous montrerai quelques-uns de mes dessins. D'après Titos, votre ouvrage pourrait être publié ici, en Crète, et il serait mis en vente dans ses hôtels !

— Ses hôtels ? répéta son interlocutrice, sans comprendre.

— Les hôtels de Titos, bien sûr, expliqua patiemment l'adolescente. Vous n'étiez pas au courant ? Il en possède deux à Aghios Nikolaos, et un troisième à Hersonissos, de l'autre côté de Mallia. Les terrains appartenaient à notre famille depuis plusieurs générations, mais mon frère est le premier à les avoir construits. Il a ouvert également plusieurs boutiques de produits locaux... avant mon accident, je travaillais parfois dans l'une d'elles, à Knossos. Grâce à Titos, nous sommes enfin sortis de la misère ! Bref ! Le livre se vendrait donc dans les hôtels...

Ainsi, voilà d'où Titos Michalakis tirait ses revenus, songea l'Anglaise. Elle n'avait même pas pensé à s'inquiéter des ressources de la famille Michalakis ! Etait-elle donc tellement enfermée dans ses propres problèmes qu'ils la rendaient aveugle à l'existence d'autrui ? La honte et le remords la submergèrent rétrospectivement.

— C'est à cause des touristes, reprit impulsivement Rhéa, continuant sur sa lancée sans paraître remarquer l'embarras de Tania. Je veux dire que les touristes étrangers seront certainement heureux de trouver un livre sur la Crète dans l'hôtel même où ils séjournent. Surtout si vous racontez les mythes et les légendes ! Vous pouvez le faire très bien, j'en suis sûre. Et si mes dessins vous plaisent, j'illustrerai l'ensemble... Ensuite, le livre pourrait même être traduit : en grec par moi, en français et en allemand par Titos. Ne serait-ce pas splendide ? Un travail entièrement familial...

— Mais je ne fais pas partie de la famille, remarqua Tania.

L'adolescente eut un sourire indulgent.

— Mais si, voyons ! insista-t-elle. Vous êtes la sœur de mon beau-frère, et en outre... dès l'instant où vous vous coiffez comme Titos le désire...

— C'est faux ! balbutia son interlocutrice.

— Vous croyez ? répliqua Rhéa, les yeux pétillants de malice. Admettons ! Mais tout de même, Titos a chassé Dick Ross de la maison. A mon avis, cela montre bien qu'il vous veut pour lui seul...

— Ne soyez donc pas ridicule, rétorqua Tania, embarrassée de se sentir rougir. D'une part, je n'épouserai jamais un Grec...

— Un Crétois n'est pas exactement un Grec, coupa gentiment l'autre.

— C'est pire ! s'exclama l'archéologue.

Rhéa éclata de rire. Tania lui lança un regard furibond.

— Je m'en vais ! s'écria-t-elle. J'ai besoin de faire un tour !

Elle bouillait intérieurement et ne supportait plus la conversation.

— Bonne idée, acquiesça l'adolescente, sans se départir de son calme. D'ailleurs, pourquoi n'emmèneriez-vous pas Minos ? Je vais demander à *mama* de vous prêter la voiture ; Minos adore les promenades en auto !

Kyria Melissa ne fit aucune difficulté pour confier sa petite Fiat à la jeune Anglaise, et le fils d'Anna, enchanté, s'installa à côté d'elle.

— Où irons-nous ? demanda-t-il, la carte étalée sur les genoux.

— J'ai vu un endroit nommé Mochlos, où se trouvent des ruines. Cela vous convient ?

— Très bien ! On y vend une excellente limonade.

— As-tu déjà vu ces ruines ? s'enquit Tania.

— Oui, mais les trouvailles les plus intéressantes ont été rassemblées dans le musée : des haches de bronze, quelques bijoux, quelques fresques... ne vous inquiétez pas, le site est très beau. Il domine directement la mer. Et nous boirons de la limonade !

L'archéologue se résigna ; tant pis si elle prenait une journée de vacances au lieu de travailler. Visiblement, Minos préférait musarder plutôt que visiter le musée...

La route, fort étroite et mal nivelée, tournait en courbes sinueuses dans les collines. La voiture soulevait de part et d'autre des nuages de poussière rougeâtre. Au bout de quelques instants, ils parvinrent au sommet d'une pente particulièrement caillouteuse. Tania regardait de tous ses yeux, le souffle coupé : dans sa rudesse dépouillée, le paysage était l'un des plus beaux du monde. A l'horizon, des plateaux massifs, d'un rose sombre sous le soleil, se détachaient sur le bleu soutenu de la mer. Des chèvres agiles circulaient çà et là au milieu de touffes de thym grisâtres, desséchées par la chaleur, et les minuscules clochettes accrochées à leur cou tintinnabulaient mélancoliquement. Seul leur répondait le grésillement léger des insectes, et, de temps à autre, le cri aigu d'un rapace. Le ciel sans nuages paraissait pâle, presque blanc.

A Skafa, Minos conseilla à la jeune femme de tourner sur la gauche. Elle s'exécuta non sans une certaine inquiétude : le sentier, remarquablement étroit et cahoteux, ne devait jamais avoir vu de voitures auparavant.

— Es-tu bien sûr que c'est le bon chemin ? interrogea-t-elle, tout en maintenant solidement le volant.

— Oui, absolument, assura Minos. Je reconnais cette petite chapelle, à droite.

Tania continua donc résolument. Au bas de la colline, deux ou trois tamaris encadraient un gué qu'ils traversèrent dans de grands éclaboussements d'eau. Ils passèrent devant une élégante maison blanche ; le village devait être proche.

— Nous arrivons, fit l'enfant.

Effectivement, la route semée d'ornières et de cailloux débouchait sur une sorte de place ombragée, entourée de maisonnettes. Des hommes bavardaient au soleil.

— De quoi vivent les habitants ? s'enquit l'Anglaise.

— Ils sont pêcheurs... Voulez-vous garer la voiture ici ? Voici le café.

Tania arrêta la voiture à l'abri d'un arbre et tous deux s'installèrent à une table protégée de la chaleur par une véranda. Exactement en face d'eux, la mer scintillait au soleil, et quelques barques brillamment colorées se balançaient mollement. Au bout d'une minute, un groupe d'hommes pénétra sous la véranda et s'installa à une table voisine, après avoir murmuré quelques salutations polies à l'égard de Tania et de son jeune compagnon.

Ce dernier les dévisageait comme s'il les avait déjà rencontrés, mais il fut interrompu dans sa contemplation par la propriétaire des lieux qui venait prendre les commandes. Les deux promeneurs, naturellement, choisirent de la limonade.

Minos s'était alors décidé à se présenter aux hommes de la table voisine, les ayant enfin reconnus comme d'anciens compagnons de chasse. A présent, il bavardait gaiement avec eux. Tania comprenait qu'il l'abandonne momentanément. En fait, elle s'en réjouissait même, car cela lui permettait de réfléchir calmement. Ses pensées revinrent sur Fergus et Titos. Pourquoi donc les deux hommes se détestaient-ils ? Elle comprenait un peu le point de vue de son frère, qui méprisait toute personnalité trop sensible, trop passionnée, trop éloignée du monde universitaire dans lequel il évoluait ; Titos Michalakis lui avait paru sportif et viril, et cela seul lui avait suffi pour porter sur lui un jugement négatif définitif, sans se demander si le Crétois n'était pas aussi capable d'intelligence. Quant à ce dernier, son antipathie pour Fergus Drummond s'expliquait plus difficilement ; Tania le connaissait infiniment plus tolérant que son frère, plus ouvert aux différences. Peut-être avait-il considéré que l'Anglais manquait de chaleur humaine, s'était-il inquiété pour le futur bonheur d'Elena...

La propriétaire de la petite auberge, après avoir servi les limonades, disparut et revint aussitôt chargée d'un plateau de raisins magnifiques. Elle les posa sur la table, devant l'archéologue, en geste d'hospitalité, puis s'assit sur le seuil et reprit un ouvrage de tricot. Au bout de quelques instants, elle leva timidement la tête et posa une question à Tania. Celle-ci répondit de son mieux, et les deux femmes se retrouvèrent en train de bavarder agréablement malgré la barrière de langage.

Alors, l'Anglaise se rendit compte d'une chose : aux yeux d'un Crétois, aucune question ne paraissait indiscrète. Il pouvait même être impoli de ne pas interroger son visiteur sur sa vie. Cette simplicité lui avait fait défaut avec les Michalakis.

Pour essayer de faire bonne figure, elle demanda à la femme ce qu'elle était en train de tricoter. Celle-ci exhiba fièrement un coussin bigarré déjà terminé. Tania le trouva de très mauvais goût, mais s'extasia poliment. La Grecque appela Minos pour pouvoir se faire traduire plus aisément les paroles de son interlocutrice. Le garçon les rejoignit et s'exécuta volontiers. Tous s'aperçurent soudain qu'elle connaissait assez bien la famille Michalakis. Tania fut soudain entourée par tout une assemblée volubile, y compris les amis de Minos.

— Quelle triste histoire, ce mariage d'Elena Michalou, s'exclama l'aubergiste en hochant la tête. La jeune Rhéa a bien souffert... à cause du péché de sa sœur !

Minos traduisit rapidement.

— Que veut-elle dire ? s'enquit Tania, lorsqu'il eut terminé.

— Eh bien, Rhéa et Elena ont eu un accident de voiture... répondit-il avec réticence.

— Qui conduisait ? Elena ?

— Demandez à Kyrios Titos, répondit l'enfant en baissant la tête d'un air têtu. Il nous faut rentrer, à présent. Ma mère aura préparé le déjeuner, et elle serait déçue de notre retard...

Tania sourit avec résignation, se leva et régla largement les consommations. L'aubergiste lui glissa les dernières grappes de raisin dans les mains, en guise de présent d'adieux.

Minos ouvrit galamment la porte de la voiture puis s'installa à côté de la conductrice.

Celle-ci était préoccupée. L'expression le « péché » d'Elena la troublait. Dans les coutumes crétoises, elle ne pouvait signifier qu'une seule chose : Elena avait rencontré Fergus seule à seul, avant le mariage. Titos avait dû se montrer absolument furieux en l'apprenant. Fergus s'était vraiment montré plutôt irresponsable ! En particulier si, comme Tania le soupçonnait, il avait demandé à Rhéa de leur servir de chaperon... Il aurait dû savoir qu'il ne fallait pas briser la réputation d'une femme crétoise. La jeune Anglaise aurait aimé en savoir plus : mais le secret semblait bien gardé.

— Ces *stafilia* sont délicieux, n'est-ce pas, Kyria ? demanda soudain Minos.

— C'est vrai, sourit sa compagne.

Elle ralentit légèrement — la voiture venait de s'engager sur le sentier — et prit d'une main la grappe de raisin qu'il lui tendait.

— Essayez de répéter le mot, reprit l'enfant avec sérieux. *Stafilia !* Kyrios Titos sera enchanté si vous apprenez le grec.

Il semblait impliquer que rien, dans la vie, n'était plus important !

— Je n'en ai nul besoin, protesta Tania. Tu peux me traduire n'importe quelle phrase...

— Sauf, répliqua le garçonnet d'un air soudain très mûr pour son âge, si vous voulez confier à Kyrios Titos des choses très personnelles...

— Eh bien dans ce cas, je peux parfaitement m'exprimer en anglais !

— Ce n'est pas pareil, *Kyria,* s'esclaffa Minos. Le grec convient beaucoup mieux pour certains aveux...

— Je n'aurai jamais rien de ce genre à « avouer » à Titos, rétorqua l'archéologue, le visage de marbre.

Elle ne s'étonnait plus d'entendre un garçon de douze ans parler ainsi ; en Crète, c'était chose courante. Très tôt, ils acquéraient une grande maturité et appréciaient la compagnie d'une femme. Minos ne faisait pas exception à la règle. Si Tania lui en voulait un peu, c'était plutôt de son étonnante intuition. D'ailleurs, il reprenait déjà d'une voix rusée :

— Pourtant, il y a certaines choses que Titos vous dit en grec, pas en anglais…

— Jamais rien de compromettant, en tout cas !

— Non ? fit lentement le garçon, en dégustant un nouveau grain de raisin vermeil.

Tania ne répondit pas et se borna à négocier un virage délicat. Minos l'encourageait avec des cris joyeux comme s'il se fût agi d'une carriole à cheval au lieu d'une voiture.

A un moment donné, elle reconnut en contre-bas l'antique cité de Gournia. Elle ne l'avait pas remarquée à l'aller.

— J'aimerais m'arrêter, dit-elle, mourant d'envie de parcourir les ruelles tortueuses bordées de maisons anciennes, toutes en ruines, inhabitées depuis l'époque minoenne.

— Nous n'avons plus le temps, objecta son compagnon. Mais Titos vient souvent ici en visite, vous pourrez vous y rendre avec lui.

— Ou avec Fergus ! s'écria-t-elle froidement. Je préfère la compagnie d'un expert…

— Titos connaît ces ruines par cœur. Il les a vues des milliers de fois.

La jeune femme garda le silence. Elle savait pertinemment combien elle aurait aimé visiter Gournia en compagnie de Titos Michalakis… Elle sursauta ; c'était un phénomène nouveau. Autrefois, elle aurait tout donné pour suivre Fergus sur un chantier de fouilles, pour l'écouter parler, sans jamais oser émettre une opinion personnelle. Or, à présent, elle était prête à renoncer à tout cela pour suivre Titos n'importe où… Serait-elle en train de tomber amoureuse de lui ?

Le retour se déroula en silence ; Tania était perdue dans une sorte de rêve. Les moindres paroles et les moindres gestes du Crétois passaient et repassaient dans son esprit, la faisant frissonner comme un coup de tonnerre lors d'un orage...

Lorsqu'elle arrêta la voiture devant la villa, il attendait sur le seuil, debout, les bras croisés. Sur ses lèvres errait un vague sourire, comme s'il avait deviné les pensées de la jeune Anglaise le long de l'après-midi...

Elle sortit de la Fiat en s'efforçant de ne pas le regarder, tant son cœur battait dans sa poitrine. Il ne devait pas la voir rougir.

Cependant, il ne bougea pas quand elle grimpa les quelques marches du porche et elle se retrouva devant lui sans pouvoir aller plus loin ; il bloquait le passage.

— Que faites-vous ici ? balbutia-t-elle.

Il contempla d'un œil critique le foulard dont elle avait enveloppé ses cheveux pour conduire.

— N'êtes-vous pas contente de me voir ? rétorqua-t-il d'un ton léger.

— Si, bien sûr, répondit-elle en s'efforçant de paraître naturelle. Voulez-vous entrer ?

Le sourire de l'homme s'élargit ; il n'était visiblement pas dupe du calme feint de Tania. A son grand désarroi, elle s'empourpra.

— Je vous ai rapporté les notes de Fergus, fit-il enfin, sortant de sa poche une large enveloppe brune. J'ai dit à M. Ross que votre frère ne tarderait probablement pas à rentrer, et qu'il terminerait lui-même son livre, car vous n'aviez pas l'intention de vous en charger...

— C'est faux ! s'exclama-t-elle.

Il sourit sans répondre.

Minos les avait rejoints. Il ressemblait tellement à Titos que Tania se détourna et alla chercher son sac dans la voiture ; elle ne supportait pas de les voir l'un à côté de l'autre. Mais Michalakis descendit les marches à sa suite et lui lança :

— Resterez-vous toute votre vie dans l'ombre de Fergus, Tania ?

— Je ne comprends pas, riposta-t-elle, soudain très lasse sous la chaleur étouffante de midi.

— Si, insista-t-il. Vous savez très bien ce que je veux dire. Vous n'êtes plus une enfant naïve, à présent. Laissez Fergus écrire seul son ouvrage, et rédigez-en un autre pour vous-même...

— Je ne peux pas abandonner mon frère !

— Il vous faudra pourtant le faire, à un moment ou à un autre. Pourquoi pas maintenant ?

— J'ai toujours aidé Fergus, répéta-t-elle avec obstination.

— Cela s'expliquait très bien lorsque chacun de vous était célibataire, expliqua patiemment Titos. Mais depuis, il est l'époux d'Elena... Eh bien, puis-je vous confier ces notes, ou bien dois-je les garder pour les donner moi-même à votre frère ?

Tania tendit une main tremblante et prit l'enveloppe.

— Elena n'est pas assez qualifiée pour assister Fergus dans ses travaux, murmura-t-elle. Moi seule peut le faire. J'accompagnerai M. Ross à Knossos, je vous préviens. Et je serai très heureuse de parler archéologie avec lui !

— Seulement, explosa son interlocuteur, rien ne dit que ce soit d'archéologie que Ross désire parler avec vous. Vous le savez parfaitement ! Il est temps de suivre les conseils d'un autre homme que votre frère...

— Je ne suivrai les conseils de personne, cria-t-elle. J'ai toujours pris seule mes décisions, et je continuerai !

— Vraiment ? parlons-en ! Quelles décisions avez-vous jamais réellement prises ? C'est Fergus qui a toujours décidé à votre place, n'est-ce pas ? Et vous l'avez toujours suivi aveuglément. Il est temps de trouver votre place dans le monde indépendamment de lui...

— Eh bien, je décide de voir M. Ross, proclama-t-elle avec défi.

— Et Rhéa ?

— Rhéa ? répéta-t-elle sans comprendre.

— Elle est impliquée dans votre décision. Nous le sommes tous ; ma sœur, ma mère... et moi.

— Pourquoi ? demanda-t-elle timidement. Aucun de vous n'a besoin de moi. Vous me connaissez à peine...

Titos lui saisit les mains et l'attira doucement.

— Moi, je vous connais à fond, Tania Drummond, répondit-il à voix basse. Mais vous ne vous connaissez pas encore vous-même...

Peut-être avait-il raison, songea-t-elle. Mais elle n'était pas encore décidée à abandonner Fergus et à ne plus servir ses intérêts. Pas même pour faire plaisir à Titos.

— Vous n'avez nul besoin de moi, s'obstina-t-elle.

7

Titos s'invita lui-même à déjeuner. Tania réagit à sa décision avec des sentiments assez mélangés. Elle était un peu irritée de sa hardiesse, et très heureuse cependant de se retrouver assise en face de lui à la table du repas.

— Quand comptez-vous aller à Knossos ? interrogea-t-il d'une voix neutre, impersonnelle.

— Je ne sais pas, balbutia-t-elle, bouleversée par sa froide indifférence. M. Ross me préviendra en temps utile.

— Et si je vous demandais, Tania, de ne pas vous y rendre ? reprit-il avec un regard plus vibrant.

— Ne me le demandez pas ! s'exclama-t-elle.

— Si c'était Fergus, vous obéiriez...

— Fergus ne me demanderait jamais une chose pareille. Il sait très bien que je suis capable de me débrouiller seule. Je serais dans une belle situation si je ne l'étais pas !

— Vous connaissez bien mal votre frère, lança-t-il en la dévisageant avec un regard pénétrant. Il n'a rien du héros que vous voyez en lui. C'est un homme très ordinaire, totalement dénué d'imagination, et en outre passablement irresponsable lorsqu'il s'agit de son épouse et de sa sœur. De la même façon, vous n'avez rien de la jeune femme froide et cérébrale que vous croyez être. Vous êtes profondément dévouée à votre frère parce qu'il s'est montré gentil envers vous de temps à autre ; vous ne vous rendez pas compte qu'il vous aurait laissé tomber sans hésiter si cela avait été nécessaire...

Tania n'allait pas l'écouter critiquer Fergus sans s'insurger.

— Cessez donc de me prendre pour une idiote, s'écria-t-elle. Expliquez-moi d'abord en quoi mon frère s'est montré irresponsable envers Elena, et je vous croirai peut-être !

Elle s'interrompit pour avaler une cuillérée de soupe.

— Il est temps de me révéler ce que vous lui reprochez, ajouta-t-elle.

Titos se versa un verre d'eau glacée et baissa la tête dans son assiette sans plus lui accorder d'attention. La jeune femme en fut si bouleversée que des larmes perlèrent à ses yeux. Elle qui, d'ordinaire, ne perdait jamais le contrôle de ses émotions...

— Je ne supporte plus d'être traitée comme une enfant, balbutia-t-elle. Je sais tout de même faire la différence entre le bien et le mal ! Pourquoi ne me dites-vous rien ?

— Vous avez pris le parti de votre frère sans même savoir de quoi il retournait. Cela seul prouve à l'évidence que vous êtes encore capable de vous aveugler naïvement ; vous avez besoin de quelqu'un pour vous guider, vous conseiller, vous protéger...

— Je ne crois pas... je vous assure, répondit-elle.

Il but une gorgée et reposa son verre avec un léger soupir. Tania soupira également, découragée. Il ne lui faisait même pas assez confiance pour lui avouer la vérité.

— Je veux vous épouser, Tania *mou,* reprit alors Titos.

— Sans amour ? C'est ridicule ! rétorqua-t-elle, éberluée.

— Vous croyez ? railla-t-il d'un air moqueur, les traits étrangement tendus. Votre cerveau ne le sait peut-être pas encore, mais votre cœur a déjà décidé pour vous, ma chère.

— Le cœur n'est pas un guide très sûr, répliqua-t-elle. Je préfère me fier à mon esprit !

— Mais vous ne l'utilisez pas, sourit-il. Vous vous cachez la tête dans le sable, c'est tout ! Faites un effort, Tania, il vous faut voir les choses en face. Je suis l'homme dont vous avez besoin. Sans votre dévotion obstinée à votre frère, vous l'auriez déjà admis...

Elle écarquilla les yeux, de plus en plus stupéfaite.

— Vous ne parlez pas sérieusement, fit-elle enfin.

— Si.

Leur conversation fut momentanément interrompue par l'entrée de Minos et d'Anna. Minos débarrassa leurs assiettes et les remplaça par d'autres, puis Anna déposa sur la table un plat de viande et une salade de fromage grec. Cela fait, elle adressa à Titos un sourire complice. Celui-ci se leva, déverrouilla le placard à liqueur et en sortit la bouteille d'ouso ; il en versa un peu dans les verres et en offrit un à la domestique, qui le remercia avec empressement. Ensuite, le Crétois tendit un verre à Tania et lui porta un toast.

— *Stin iyassou !* lança-t-il.

— *Iss iyia !* répondit-elle machinalement.

Une expression rusée s'alluma dans les yeux de Minos.

— Kyria Tania est en train d'apprendre le grec, annonça-t-il. Pour vous faire plaisir.

— Vraiment ? sourit Titos Michalakis.

Il donna une tape affectueuse au jeune garçon et le suivit des yeux alors qu'il sortait de la pièce. Anna sortit à son tour et referma la porte derrière elle.

— Ainsi, vous essayez de me plaire ? fit-il à l'adresse de la jeune femme.

— Pas particulièrement, protesta-t-elle.

— A vrai dire, j'en doutais, rétorqua-t-il sèchement. Ma mère m'avait prévenu que le sens de la famille vous ferait choisir le parti de Fergus...

— Comment puis-je réagir autrement ? Vous ne me dites rien, absolument rien ! Vous détestez tous Fergus sans jamais me dire pourquoi !

— Vous pourriez faire confiance à mon jugement, souligna-t-il d'un air attristé.

— Vous pourriez faire confiance au mien ! répéta-t-elle chaudement, presque en colère.

Il eut un rire qui résonna désagréablement aux oreilles de Tania.

— Pas en ce moment, répondit-il. Pas dans l'état de confusion ou vous êtes. Plus tard, peut-être... Pour le moment, laissez-moi prendre les décisions à votre place.

— Je ne vois pas pourquoi je le devrais, laissa-t-elle tomber en soutenant son regard.

— Parce qu'un grec est toujours le maître chez lui... et sans le savoir encore, vous êtes d'accord avec moi ! Alors, me faites-vous confiance ?

— Je ne veux pas avoir à choisir entre vous et mon frère, murmura-t-elle d'une voix presque inaudible.

— Un jour, il faudra vous y résoudre, *agapi.*

Tania garda le silence quelques instants, puis déclara soudain :

— En fait, j'ai deviné pourquoi vous détestez tant Fergus ; Elena était enceinte avant le mariage, n'est-ce pas ? Sinon vous n'auriez pas forcé mon frère à l'épouser...

— Nous l'avions reçu comme un ami, rétorqua Titos avec feu, et il nous a remercié en déshonorant notre famille !

— Les femmes que Fergus fréquente d'ordinaire savent dire oui ou non elles-mêmes, sans l'aide de leur frère aîné ! Comment savez-vous si Elena n'était pas consentante ? Elle était amoureuse de lui, après tout !

Le Crétois lui lança un regard surpris. Il ne devait pas avoir coutume d'entendre une femme s'exprimer avec autant de franchise. Puis son expression devint moqueuse :

— Et vous ? interrogea-t-il. Savez-vous dire oui ou non ?

— Naturellement, assura-t-elle avec dignité.

— Parce que vous n'êtes pas crétoise... Je me demande, poursuivit-il d'un air rusé, si vous me diriez oui ou non, à moi...

Tania rougit et garda le silence quelques instants. Puis elle pensa soudain à Anna, et son visage se contracta.

— Ce serait non, affirma-t-elle avec force, posant sa fourchette et son couteau. En outre, vous êtes bien mal venu de condamner Fergus. Vous vous êtes vous-même déjà retrouvé exactement dans la même situation ! En fait, il est regrettable que les femmes ne vous aient pas dit non plus souvent, à l'un comme à l'autre...

Titos éclata de rire sans répondre, se leva et s'approcha d'elle. Elle frissonna de le sentir si proche.

— Vous ne me rejetteriez pas, je vous l'assure, murmura-t-il dans son cou.

— Si !

Il se pencha et déposa sur ses lèvres un léger baiser, puis un autre, plus insistant.

— Même si vous me disiez oui, reprit-il un ton plus bas, je refuserais. Je ne ressemble pas à Fergus : la femme que je conduirai à l'autel sera là de son plein accord, et pas parce qu'elle y sera contrainte.

Il releva doucement une mèche sur le front de la jeune femme.

— *Yineka mou,* femme de mon cœur, chuchota-t-il. N'est-ce pas une jolie expression ?

Tania se dégagea, se leva à son tour et fit le tour de la table ; puis elle lui lança un regard de défi.

— Ainsi, j'avais raison au sujet de Fergus et d'Elena, n'est-ce pas ? dit-elle vigoureusement.

Tout en parlant, elle se mit à ramasser les couverts, s'efforçant de dissimuler le tremblement de ses mains.

— Oui. Seulement, votre frère a rejeté toute la responsabilité sur Elena, car il ne voulait surtout pas s'encombrer d'une femme et d'un enfant pour le reste de son existence. Lorsqu'il a compris que je serais intraitable, il a essayé d'obtenir le maximum d'argent pour la dot de ma sœur...

— Et... la villa ?

— Je ne la lui ai pas donnée, précisa Titos avec un mince sourire. Je leur ai simplement permis d'y résider.

Tania connaissait déjà le côté rapace et avide de son frère. Elle avait pris l'habitude, dans le passé, de toujours éviter d'avoir des conversations d'argent avec lui ; elles devenaient très vite déplaisantes. La jeune femme avait honte pour Fergus. Cependant, elle prit sa défense :

— Il devait penser que vous humiliiez votre sœur en lui refusant une dot normale, suggéra-t-elle.

— Seriez-vous humiliée si je vous épousais telle que vous êtes, sans dot ? répliqua-t-il avec une expression énigmatique.

Tania faillit laisser tomber un plat.

— Les Anglaises en ont rarement une, rétorqua-t-elle. En outre, je n'ai pas l'intention de me marier avec vous !

— En seriez-vous si sûre, si je vous prenais dans mes bras en ce moment même ? Je ne vous laisserai pas m'échapper, je vous préviens...

— Vous parlez de moi comme si j'étais un simple objet, en votre possession...

Le Crétois prit un air scandalisé.

— Me croyez-vous capable d'une pensée aussi basse ? s'exclama-t-il. Vous me décevez, Tania. Ou bien voudriez-vous secrètement être courtisée à l'anglaise ? Je suis désolé, mais je suis grec. Je vous courtiserai à la grecque ou pas du tout !

La jeune femme sortit sans répondre, la tête haute, et gagna la cuisine où elle retrouva Anna. Cette dernière se plaignait qu'ils aient à peine touché à l'excellente nourriture préparée par ses soins.

— Ne vous inquiétez pas, répondit Tania d'un ton réconfortant. Lorsque mon frère sera de retour, il se montrera enchanté de votre cuisine. Fergus a toujours eu très bon appétit !

— Seulement, Kyria Elena n'appréciera peut-être pas ma présence dans sa cuisine, objecta l'autre.

— Pourquoi donc ?

— Cela se comprend, insista Anna énigmatiquement, en haussant les épaules. Sa mère le lui déconseillera vivement.

— Je ne vois pas en quoi cela la concerne, protesta Tania.

— Kyria Melissa ne m'a jamais adressé un seul mot blessant, mais je pense néanmoins qu'elle a beaucoup souffert. A sa place, j'aurais la même réaction. Elle ne pourra rien oublier avant mon départ pour l'Amérique. Alors, peut-être...

— Mais, Anna, songez-vous vraiment à vous rendre aux Etats-Unis ? interrogea son interlocutrice. Qu'y ferez-vous ?

— J'y ai de la famille.

L'archéologue prit un torchon et se mit pensivement en devoir d'essuyer la vaisselle.

— Laissez, objecta Anna. D'ailleurs Kyrios Titos vous appelle.

— J'entends bien ! rétorqua l'intéressée, avec indifférence.

Une légère toux derrière son dos la fit sursauter. Soudain, la voix de Titos résonna dans la pièce :

— J'ai trouvé, disait-il d'une voix amusée. Je vais faire ma cour en vous emmenant visiter Phaestos.

Mettez votre plus jolie robe et nous prendrons la voiture. Qu'en pensez-vous ?

— Ne préférez-vous pas attendre le retour de Fergus ? lança-t-elle avec ironie. Pour lui demander sa permission...

— Inutile, fit l'autre sur le même ton. Vous m'avez assuré être assez grande pour vous débrouiller...

— Vous l'admettez tant que je suis de votre avis ! Mais sinon...

— Effectivement, sourit-il ; c'est à cause de votre visage. Lorsque vous êtes en désaccord avec moi, il change, et vos traits alors deviennent très durs. Vous êtes beaucoup plus belle quand vous vous efforcez de me plaire !

— Vraiment ? murmura-t-elle, désarçonnée.

— Oui... Acceptez-vous de venir à Phaestos ? reprit-il en lui caressant légèrement les cheveux.

— J'accepte, dit-elle à voix basse.

— Ne devriez-vous pas être en train de travailler ? interrogea Tania un peu plus tard, tout en prenant place dans la voiture de Titos Michalakis.

— Si, répliqua-t-il, mais les hôtels ne s'écrouleront pas si je suis absent un après-midi.

Il laissa glisser sur elle un regard admirateur ; elle frissonna imperceptiblement et remarqua dans ses yeux une lueur moqueuse mais plus affectueuse qu'à l'ordinaire.

— Voilà une bien jolie robe, fit-il lentement.

— Je suis heureuse qu'elle vous plaise.

— Tout en vous me plaît, Tania.

La jeune femme fixa la route comme si elle n'avait rien entendu. Elle n'avait pas l'habitude de recevoir des compliments portant sur autre chose que son travail, et elle ne savait absolument pas comment réagir.

Titos posa une main sur celle de Tania.

— Vous n'êtes pas si différente d'une Crétoise,

savez-vous ? murmura-t-il. N'ayez crainte, je ne vous mangerai pas. Du moins pas encore...

— Je ne crains rien, répliqua-t-elle avec défi.

— Vous êtes parfaitement en sécurité avec moi, reprit-il d'un ton plus sérieux. Je meurs d'envie de vous embrasser, mais je sais attendre. J'attendrai jusqu'à ce que vous admettiez m'appartenir...

Elle osa alors tourner la tête vers lui. Jamais les yeux de Titos n'avaient eu d'expression aussi tendre. Si seulement il l'avait aimée en retour, tout aurait pu être parfait...

— Si j'étais crétoise, je ne serais pas ici, souligna-t-elle.

— Vous seriez mariée depuis longtemps, et vous auriez déjà des fils ! rétorqua-t-il. Nous nous promènerions partout où nous aurions envie...

— Ce n'est peut-être pas vous que j'aurais épousé !

— Si ! Je ne vous aurais laissé aucun répit, ma chère. Je vous désire tellement...

— Est-ce suffisant ? s'emporta Tania en rougissant. N'avez-vous pas aussi besoin d'amour ?

— Une certaine forme d'amour s'établirait peu à peu, expliqua-t-il. Nous partagerions les joies et les peines de la vie, nous nous soutiendrions mutuellement... Cela ne vous suffirait pas ?

L'Anglaise se posa mentalement la question. Au début, la situation serait certainement paradisiaque. Mais après ? N'aurait-elle pas besoin d'être vraiment aimée ?

— Je ne suis pas grecque, répéta-t-elle d'un ton pitoyable. Je ne peux pas me soumettre ainsi à un homme. J'ai besoin de liberté, d'indépendance, toutes choses insupportables pour vous chez une épouse... Vous ne m'avez même pas demandé si *moi* j'aimerais avoir des enfants !

— Je connais déjà la réponse, répliqua-t-il.

— Non ! s'écria-t-elle en serrant les poings. Par

exemple, je veux une fille aussi, pas seulement des fils...

— Je ferai de mon mieux, lança Titos avec humour.

— Ce n'est pas ce que je voulais dire, protesta-t-elle. J'essaie de vous faire comprendre que je ne suis guère plus, pour vous, qu'un pion sur un jeu d'échec...

— C'est votre frère qui mérite ces propos, pas moi! objecta-t-il d'un ton sec.

— Fergus ne prend pas les femmes pour des objets!

— Non? railla son compagnon, tout en tournant pour s'engager dans la route d'Iraklion. Il ne vous a pas laissé la liberté de devenir une femme, pourtant. Avec moi, vous auriez la possibilité d'en être vraiment une, de vous épanouir, de sourire à la vie... Je vous permettrais de découvrir que vous avez aussi un corps, et pas seulement un esprit!

— Ce n'est pas cela non plus dont je parle, balbutia la jeune femme d'une voix étouffée. Vous me trouvez dure, mais je ne le suis pas encore assez. Je voudrais m'endurcir, tant j'ai peur d'être blessée, de souffrir...

— Pourriez-vous être blessée par moi, Tania? interrogea le Grec avec une sollicitude surprenante.

Elle hocha la tête, incapable d'articuler. Elle se sentait infiniment vulnérable.

— Je vous protègerai, assura-t-il. Je prendrai soin de vous... Avant et après que nous soyons mariés.

— Je ne comprends toujours pas... pourquoi vous souhaitez m'épouser, répondit-elle dans un souffle. Pour provoquer Fergus?

Titos éclata d'un rire sonore.

— Ne dites pas de bêtises! s'écria-t-il. Regardez-vous dans un miroir, et vous saurez pourquoi je désire tellement vous avoir pour femme!

Tania, cramoisie, se réfugia dans un silence obstiné. Ils traversèrent la ville d'Iraklion dans une circulation d'enfer. Autobus branlants, bicyclettes, carrioles se croisaient dans tous les sens, au mépris de toute prudence.

Au sortir de la ville, ils traversèrent une plaine fertile couverte de vignobles.

— On fait ici un vin excellent, lui apprit-il.

— Je vois aussi des oliviers, remarqua Tania.

— Bien sûr! Du vin, des oliviers, quelques chèvres... un Crétois n'a pas besoin de plus pour être heureux. Avec une femme et des enfants, naturellement. Mes parents lorsqu'ils étaient jeunes, travaillaient comme paysans, ils menaient une vie très simple. Ma mère s'occupait des chèvres...

— Je ne pourrais jamais faire cela, intervint la jeune femme. Je n'ai pas l'habitude des animaux, nous n'en avons jamais eu.

— On s'y habitue très vite. Tout petit déjà, je m'occupais des agneaux, des chiens perdus... je les ramenais toujours à la maison! Je me suis d'ailleurs fait mordre plus d'une fois.

— Avez-vous encore un troupeau de chèvres?

— Oui, j'ai gardé celui de mon père. J'emploie un berger pour le garder dans les collines; c'est d'ailleurs le frère d'Anna. De temps à autre, je vais lui donner un coup de main. Cela me plaît.

Tania l'imaginait facilement, les cheveux aux vents dans le crépuscule, bavardant gaiement avec les bergers...

— Votre mère... n'avait-elle pas peur de rester seule pendant que votre père partait garder les troupeaux? s'enquit-elle.

Elle s'imaginait mal à sa place, passant des nuits seule dans une ferme isolée...

— Non! Elle n'avait peur de rien. Elle était bien trop fière d'être la femme de Kyrios Sterghios!

— Oh! s'exclama son interlocutrice. J'avoue, quant à moi, que beaucoup de choses m'effraient...

— Avec moi, vous ne craignez rien... D'ailleurs, ma très chère Tania, je vais vous dire une chose : vous n'avez peur que de vous-même... Et du tonnerre.

Il ponctua sa phrase d'un rire attendri.

8

Peu de temps après, la voiture traversa la ville de Ayii Dheka, dont le nom évoquait dix martyrs chrétiens massacrés au temps des Romains.

— Dans l'antiquité, l'ancien village s'appelait Gortyna, indiqua Titos. C'était le centre de l'administration romaine pour la Crète et la Lybie... Nous nous y arrêterons au retour.

— J'aimerais beaucoup ! s'exclama Tania avec enthousiasme.

— J'ai l'intention de vous montrer aussi autre chose. Mais je ne vous dis pas quoi : c'est une surprise. Une surprise en rapport avec Zeus...

Ces paroles firent profondément plaisir à la jeune femme. Elles prouvaient qu'il ne s'intéressait pas seulement à elle en tant que femme, au sens physique, mais également en tant que personne dotée d'un esprit, avec laquelle il pouvait communiquer d'égal à égale. Tout le reste de l'après-midi, ils échangèrent des considérations profondément enrichissantes sur l'archéologie et l'histoire de la Crète.

— Je suis extrêmement heureuse de visiter enfin Phaestos, répondit Tania, sans oser demander quelle était la surprise. C'était bien la ville de Rhadamante, n'est-ce pas ? Le frère de Minos... Tous deux étaient de grands juristes ; le dieu Rhadamante lui-même exerçait parfois ses talents aux Enfers, royaume d'Hadès. Minos avait aussi un troisième frère, il me semble... Sarpédon, c'est cela. Celui-là n'a pas fait grand-chose.

— C'est le dieu de Mallia, le saviez-vous ? Sarpédon avait quitté la Crète pour l'Asie Mineure, avec l'un des fils d'Apollon. C'est pourquoi la Crète a été partagée entre ses deux autres frères seulement.

— Je croyais que le fils aîné d'Europe, Minos, était devenu roi de toute l'île.

— Non, Rhadamante avait une portion du territoire. Quant à Minos, il avait épousé Pasiphaé, mère de l'infâme Minotaure. Plus tard, on enferma ce monstre dans le labyrinthe, et seul Thésée put en venir à bout, avec l'aide du fil d'Ariane...

— Le labyrinthe se trouvait à Knossos, n'est-ce pas ?

— C'est ce qu'affirme la légende. Il avait été construit par l'Athénien Dédale, à la demande de Pasiphaé ; elle voulait cacher au monde le Minotaure, fruit de ses amours avec un taureau blanc envoyé par Poséidon.

— Minos devait être furieux de la conduite de sa femme !

— Il l'était au plus haut point, effectivement. D'abord, il envoya Dédale et son fils, Icare, dans le labyrinthe, espérant que le Minotaure les dévorerait. Mais Icare s'était fabriqué des ailes pour s'enfuir...

— ... Et la cire avec laquelle elles tenaient a brûlé près du soleil. Je m'en souviens.

— En Crète, il existe des sortes de danses du taureau, un peu comme les corridas, qui célèbrent cette légende du Minotaure. On les trouve même représentées sur certaines fresques.

Titos semblait connaître sur le bout des doigts les traditions de son pays, songea Tania. Comme Fergus, sinon mieux...

— Je ne connaissais pas ces danses, avoua-t-elle. Cela m'intéresse beaucoup. Ce qui me plaît le plus, dans l'archéologie, c'est la vie quotidienne des gens d'autrefois ; leur façon de faire la cuisine, d'installer des maisons, leurs habitudes... Mon frère préfère étudier les batailles. Nous n'avons pas du tout les mêmes centres d'intérêt !

— Cela ne m'étonne pas vraiment, remarqua Titos d'un ton un peu sec. Il est plus facile de se laisser emporter par les grands mouvements de l'histoire que de se pencher sur l'humble vie quotidienne des peuples...

— Mais c'est aussi utile, protesta Tania, toujours soucieuse de défendre son frère. Il s'est occupé de moi aussi bien que vous avez pris soin de vos sœurs, en tout cas. Le reste ne compte pas !

La voix du Crétois se fit plus sourde.

— Malheureusement, prononça-t-il, je n'ai pas très bien réussi à les protéger... Elena n'a pas écouté mes conseils, reprit-il, quant à Rhéa... elle a eu cet accident stupide que je n'ai même pas su empêcher !

Une émotion profonde perçait derrière ses paroles. Elle faillit lui demander des précisions sur l'accident, mais elle se souvint à temps que l'on était toujours sans nouvelle d'Elena, et elle préféra ne pas remuer le couteau dans la plaie.

— Si je vous épousais, lança-t-elle avec un sourire attendrissant, vous m'interdiriez de continuer à pratiquer l'archéologie, je suppose. Vous me demanderiez peut-être de garder les chèvres...

Titos refusa de se laisser prendre au jeu, et répondit avec un profond sérieux :

— Lorsque vous serez ma femme, vous pourrez occuper tout votre temps libre absolument comme vous le voudrez, ma chère. Je vous apprécie telle que vous êtes, je suis fier de votre intelligence. Comment vous le faire comprendre ?

Il l'appréciait, songea-t-elle. Mais l'aimait-il ? Pourtant, indéniablement, il l'attirait de plus en plus, elle se sentait de mieux en mieux auprès de lui et prête à succomber à son charme. Jamais elle n'aurait la force de rentrer en Angleterre... Elle l'aimerait, même sans espoir de retour.

Ils arrivèrent enfin à Phaestos. Une mélodie de flûte résonnait dans l'air vibrant de chaleur, avec une certaine mélancolie. Refusant de se laisser aller à la tristesse, Tania sortit de la voiture et rejoignit Titos. Ce dernier était déjà en train de bavarder avec le vieux musicien. Il lui lança un gai au revoir et tendit la main à la jeune femme.

— Avez-vous soif? demanda-t-il gentiment. Nous pouvons boire un jus de fruit maintenant, ou visiter d'abord les ruines. Que préférez-vous?

— Visitons d'abord, décida-t-elle.

Elle était impatiente d'admirer un lieu aussi célèbre, et son attente ne fut pas déçue. Perché au sommet d'une colline, l'antique palais se dressait au milieu de pins millénaires dont la senteur embaumait l'atmosphère. Oubliant presque Titos, qui la suivait nonchalamment, Tania se mit à explorer l'ensemble sans pouvoir cacher son enthousiasme. Des pièces de toutes les dimensions se succédaient en enfilade, suivant une technique labyrinthique proche de celle du palais de Knossos. Certaines étaient réservées aux rois, d'autres aux reines, d'autres enfin aux courtisans et aux esclaves.

Au bout d'une heure seulement, elle se souvint qu'elle n'était pas venue seule et courut rejoindre le Crétois.

— Pardonnez-moi, fit-elle d'une voix haletante. Tout ici est tellement merveilleux! Il me semble reconnaître à certains endroits des éléments mycéniens. J'ai hâte de comparer avec Knossos...

— Knossos a été en partie reconstruit au XIXe siècle, rappela-t-il. Très mal, à mon avis.

— La restauration n'a peut-être pas été à la hauteur,

répondit prudemment l'archéologue, ayant appris à respecter l'expérience de son compagnon, Arthur Evans.

Animé de bonnes intentions, il avait toujours manqué de moyens...

— Je fais surtout allusion à Schliemann, précisa Titos. Celui-là se conduisait comme un véritable pilleur de trésors. Dieu merci, de nos jours, les étrangers n'ont plus le droit de sortir de Crète les vestiges archéologiques... Il s'en trouve déjà bien suffisamment au British Museum, à Londres !

— A l'époque, les spécialistes anglais pensaient les protéger en les emmenant, plaida Tania. Ils ne pensaient pas se conduire comme des vandales...

— Certes, admit son interlocuteur. D'ailleurs, je leur pardonne...

Il s'interrompit, riant aux éclats, avant de poursuivre :

— Je leur pardonne car je m'apprête moi-même à m'emparer d'un véritable trésor britannique !

Après une minute d'hésitation, la jeune Anglaise comprit qu'il parlait d'elle. Elle se sentit faiblir et s'assit sur la pierre la plus proche.

— Ne parlez pas ainsi, murmura-t-elle. Un mariage entre nous serait voué à l'échec, vous le savez...

Le visage furieux, Titos se mit à vociférer en grec.

— Tout d'abord, vous me connaissez à peine, balbutia-t-elle, désespérée d'avoir provoqué sa colère. En outre, Fergus...

— Ne mêlez pas Fergus à cela ! explosa-t-il. Vous et moi sommes les seuls concernés !

Il fit un effort pour se maîtriser, puis reprit d'une voix plus calme :

— Allons prendre un verre, Tania. Nous verrons plus tard.

— Je suis désolée, répondit-elle tout en se relevant. J'essaie de vous faire comprendre qu'il ne s'agit que d'un beau rêve... Le tonnerre résonne très fort, Titos, mais il ne dure pas longtemps...

Le Crétois exhala un soupir et frôla doucement le visage de la jeune femme.

— Ne soyez pas si pessimiste, chuchota-t-il. Je commande au tonnerre, comme Zeus, ne l'oubliez pas... Un jour, votre cœur m'appartiendra, soyez-en convaincue.

— Zeus n'est pas resté longtemps fidèle à son épouse, Héra, objecta-t-elle.

— Les temps ont changé... Je suis plus fidèle que Zeus. Vous ne pourrez pas me résister, je vous le prédis !

Il souleva légèrement le menton de Tania et plongea son regard dans le sien.

— Aurez-vous le courage de rentrer dans votre pays ? continua-t-il d'une voix pressante. Et pourrez-vous m'oublier complètement ?

— Non, balbutia-t-elle encore. Ni l'un ni l'autre.

— Alors, vous serez ma femme, mais uniquement la mienne, et vous ne vous dévouerez à personne d'autre. Me comprenez-vous bien ?

— Et moi ? protesta-t-elle, s'efforçant en vain d'esquiver les yeux inquisiteurs. N'ai-je pas des conditions à poser ? Je refuse de partager mon mari avec qui que ce soit, fût-ce une ombre du passé !

Le visage de Titos se ferma, et Tania perdit tout espoir de jamais occuper la première place dans son cœur.

— Ma femme n'a pas à intervenir dans mes activités extérieures, dit-il sèchement. Si je prends soin de certaines personnes en dehors de ma famille, cela ne concerne que moi.

— Quelques baisers ne suffiront pas à remplir la vie de votre épouse, vous savez...

— Ne vous inquiétez pas. L'amour qu'elle porte à son mari suffit largement à remplir la vie de n'importe quelle femme. Vous ne savez pas de quoi vous parlez, Tania ! J'aurais pu vous séduire beaucoup plus rapidement, avec « quelques baisers » de plus, précisément. Mais je n'ai pas voulu céder à la facilité. J'ai voulu que votre esprit vienne à moi autant que votre corps...

La jeune Anglaise se laissait peu à peu gagner par la sincérité des arguments avancés, refusant d'entendre la voix de la raison. Cette voix lui soufflait qu'elle allait être dominée et soumise, perdre son indépendance et devoir obéir aux exigences d'un seul homme... Comment pouvait-elle envisager une telle perspective ? Seul l'amour expliquait ce renoncement. Elle ferait plus pour Titos que pour n'importe quel autre homme. Elle renoncerait même à sa conception romantique de l'amour, donnerait tout sans rien prendre en échange... Car il ne l'aimerait jamais vraiment, c'était fortement probable. Tant pis : elle se sentait prête à tout endurer pour rester près de lui.

— Eh bien, je... commença-t-elle. Je ne sais plus quoi vous dire...

— Acceptez-vous de m'épouser ? insista Titos à voix basse.

Tania hocha la tête, la gorge serrée. Même s'il devait ne pas l'aimer, elle ne permettrait à personne d'autre de partager à sa place la vie de Titos Michalakis. Personne à part elle, Tania Drummond, ne mettrait au monde et n'élèverait les enfants de cet homme ; personne ne partagerait son pain et sa maison...

— Je veux vous entendre dire oui, murmura-t-il soudain.

— Oui... oui, je vous épouserai, répondit Tania.

Contrairement à son attente, le Crétois n'eut aucune réaction particulière devant ces paroles. Assise à la table d'un café, devant un verre de jus de fruit fraîchement pressé, l'archéologue en éprouvait un amer sentiment de déception. Titos s'était juste contenté d'une exclamation de satisfaction, comme s'il s'attendait depuis toujours à cette promesse. Il ne l'avait même pas embrassée...

Une fois les consommations terminées, il proposa une visite au palais d'été des rois Minoens, à quelques kilomètres de Phaestos. Ils remontèrent silencieusement en voiture et gagnèrent le site d'Aghia Triada en quelques minutes. Toujours sans un mot, Titos gara le véhicule à l'ombre d'un arbre. A quelques pas, un vieil homme vendait des grenades. Le compagnon de Tania en acheta une, la coupa en deux et en tendit une moitié à la jeune femme. Les larmes aux yeux, celle-ci mordit rageusement dans le fruit, tout en suivant le Crétois qui se dirigeait vers les ruines. Pourquoi, se demandait-elle, gardait-il un tel silence ? N'était-il pas heureux qu'elle acceptât enfin de l'épouser ?

La beauté du palais la distrayait à peine. Titos s'approcha, lui passa pensivement un doigt sur la joue, et s'exclama un peu maladroitement :

— Nous aurons l'occasion de revenir, Tania. Allons à Gortyna tant qu'il fait encore jour.

Elle accepta avec empressement. Tout valait mieux que le malaise persistant installé entre eux depuis quelques instants. Pourquoi se sentait-elle incapable de se conduire avec la hardiesse dont Anna aurait fait preuve dans la même situation ? N'avait-elle pas le droit de se blottir dans les bras de Titos, de l'embrasser ? Les Crétois se souciaient-ils donc si peu de la sensibilité de leurs épouses ?

Les rayons du soleil commençaient à s'allonger, teintant d'une nuance mordorée le vert délicat des oliveraies. Tania s'extasia devant les ruines de la basilique dédiée à saint Titus. Devant leur beauté, elle rassembla son courage et demanda à son compagnon si c'était là la surprise dont il avait parlé au début de la promenade.

— Non, pas encore, répondit-il. Attendez un peu.

Une expression légèrement contrainte dans son visage suggéra à Tania que cet homme était peut-être, en définitive, aussi timide qu'elle-même. Mais l'idée lui parût absurde et elle la chassa aussitôt.

Ils pénétrèrent dans une chapelle encore intacte. A l'intérieur, des centaines de cierges allumés jetaient une faible lueur sur les icônes naïves accrochées aux murs. Tania choisit à son tour un cierge, glissa quelques drachmes dans la boîte réservée et craqua une allumette ; la flamme jaillit aussitôt. A ses côtés, Titos se signait à la manière orthodoxe, touchant son épaule droite avant la gauche.

— Zeus ne viendrait jamais ici, dans un lieu chrétien, remarqua-t-elle.

— Héra non plus, répondit-il en souriant.

Elle leva la tête et distingua son regard dans la pénombre.

— Ils n'ont rien à voir avec nous, n'est-ce pas ? Nous ne nous conduirons pas de la même façon...

— Certainement pas ! assura son interlocuteur. Notre engagement sera beaucoup plus sincère, beaucoup plus sérieux...

Il lui prit doucement la main et la guida vers la sortie afin de lui montrer les autres monuments romains du site. Il était d'ailleurs surprenant de voir autant de bâtiments de l'ancienne Rome rassemblés sur un lieu grec.

Derrière un muret de pierres coulait une rivière au-dessus de laquelle les Romains avaient édifié un pont. Titos guida sa jeune compagne le long de la rive, puis pointa le doigt en direction d'un groupe d'arbres :

— Voici ce que je voulais vous montrer, dit-il.

Ils gravirent la pente herbue et rejoignirent le bosquet. Le Crétois s'adossa à un arbre splendide, un peu plus haut que les autres.

— C'est ici que Zeus a conduit Europe, reprit-il. Sous cet arbre ont été engendrés les trois fils dont nous avons parlé : Minos, Rhadamante et Sarpédon... Cet arbre a la particularité de ne jamais se dénuder. Lorsque ses feuilles commencent à se faner, de nouveaux bourgeons apparaissent aussitôt, avant même que les anciennes feuilles ne soient tombées.

— Comment sait-on que Zeus et Europe se sont rencontrés à cet endroit précis ? interrogea la jeune femme.

— C'est une tradition très ancienne, répondit-il. Les jeunes mariées du village voisin viennent se promener ici, le soir de leurs noces, afin d'avoir de beaux enfants...

Il s'interrompit un instant, et la regarda d'un air moqueur.

— Viendrons-nous à notre tour sous cet arbre, le jour de notre mariage ? suggéra-t-il d'un ton amusé.

Il avait ramassé quelques feuilles de menthe et lui en caressait la joue. L'odeur délicieuse, particulièrement forte, montait à la tête de Tania. Elle ferma les yeux, presque étourdie, et sentit soudain les bras de Titos se glisser autour de sa taille.

— Titos, protesta-t-elle en soulevant à nouveau les paupières. Tout est si étrange ! Je vous en prie, laissez-moi un peu de temps pour m'adapter à la situation...

— Qu'est-ce qui est si étrange ? s'enquit-il doucement, tout en posant délicatement ses lèvres sur les siennes.

— Je ne sais pas... tout, murmura-t-elle, ne parvenant pas à s'exprimer avec plus de précisions.

Titos eut un léger rire, puis l'embrassa à nouveau.

— Tania, *karthia mou,* si vous saviez combien je vous désire... dit-il à voix basse.

Il chuchota des mots grecs qu'elle ne comprenait pas contre son oreille, et son souffle chaud contre sa peau la fit frémir. Pour l'instant, plus rien n'avait d'importance : elle se sentait emportée par la chaleur du corps de Titos contre le sien, par la pression de ses bras autour de sa taille... Avec un soupir, la jeune femme cacha son visage contre l'épaule de son compagnon. Lorsqu'elle releva la tête, il l'embrassa avec passion, faisant jouer ses doigts dans les boucles brunes qui frôlaient sa joue.

— Combien de temps vous faudra-t-il pour vous « adapter » ? demanda-t-il enfin, le souffle court. Je vous désire tellement qu'il m'est très difficile de me maîtriser... répondez-moi, je vous en prie ! Serez-vous bientôt ma femme ?

Il l'écarta un peu pour la considérer, plongeant dans les siens ses yeux d'un noir profond.

— Je souhaiterais attendre le retour de Fergus, répliqua-t-elle en s'efforçant d'affermir sa voix. Je ne veux pas qu'il trouve son livre inachevé à son retour, surtout s'il est malade, s'il est seul... car nous ne savons pas encore où est Elena ! J'aurais besoin de lui consacrer un certain temps, de lui offrir mon aide. Après tout, il s'agit de mon frère... comprenez-vous ?

Titos exhala un soupir, reprenant peu à peu contrôle de lui-même.

— Prenez tout le temps qu'il vous faut, Tania *mou*, assura-t-il. Mais lorsque cette période sera terminée, vous vous consacrerez entièrement à moi, je vous préviens ! Fergus ne devra plus passer avant votre mari...

La jeune Anglaise sourit gentiment et donna un baiser rapide à son compagnon, en signe d'acquiescement.

— A une condition, supplia-t-elle. Vous vous montrerez agréable envers Fergus. Promettez-le moi...

— Je vous promets d'être poli, admit Titos. Plus vous m'aimerez, plus je serai poli avec lui ! Donc, la situation est entre vos mains...

Il éclata de rire devant l'air éberlué de Tania, l'embrassa une dernière fois, et ils regagnèrent rapidement la voiture ; le soir était tombé, et les premières étoiles scintillaient faiblement.

9

Tania remarqua immédiatement l'état d'immense épuisement dans lequel se trouvait Fergus. Il était également à bout de nerfs, et se mit à critiquer violemment sa sœur dès le premier jour.

— Je ne t'ai jamais demandé de venir en Crète pour jouer les touristes, lança-t-il d'un ton amer, et encore moins pour tomber amoureuse ! Tu étais d'accord pour terminer mon livre ; je pensais que tu avais compris combien c'était urgent... Non seulement tu ne t'en es pas occupée, mais en outre tu as passé le plus clair de ton temps en compagnie de Titos Michalakis ! C'est absolument incompréhensible. Sais-tu au moins que cet homme me déteste ? En ce moment, il me jette des regards extrêmement désagréables...

— Il est effondré au sujet de sa sœur, plaida la jeune Anglaise lorsqu'elle pût placer un mot.

— Pas exactement, persifla Fergus. Il était convaincu que je ne saurais pas protéger Elena, et à présent il est enchanté de voir que les événements lui ont donné raison. N'as-tu donc pas observé son air triomphant ?

— Non, répondit-elle, absolument pas.

— Vraiment ! Tu dois être aveugle... Il m'a forcé à l'épouser, ensuite il m'a obligé à l'emmener au Pérou où elle n'avait absolument rien à faire...

— N'aurais-tu pas dû retarder ton départ jusqu'à la naissance du bébé ?

— Tu es folle ! Il n'était pas question pour moi de rater une occasion pareille. J'aurais risqué de briser ma carrière... Si seulement tu avais terminé mon livre ! Moi qui pensais pouvoir te faire confiance... Tu n'es qu'une écervelée comme les autres, finalement.

Tania faillit lui envoyer une réplique cinglante, mais elle se tût. Après tout, il était en deuil de sa femme.

— Quelle chance que tu ne sois pas mort aussi, murmura-t-elle simplement.

— Oui. Ils ont mis des jours à me trouver. Le pilote de notre avion avait heurté un pic rocheux, en plein brouillard. Sans ces indiens Quichuas qui m'ont recueilli le deuxième jour, j'y serais resté. Ces montagnes péruviennes sont remarquablement isolées, il n'y a même pas de routes, et très peu d'habitants...

— Quelle tristesse pour Elena, ajouta-t-elle doucement.

— Oui, fit Fergus en haussant les épaules, l'air indifférent.

Tania en était extrêmement choquée.

— N'éprouvais-tu donc rien pour elle ? demanda-t-elle, les yeux agrandis.

— Elle était jolie, mais je n'avais aucun désir de l'épouser. Si seulement elle avait fait un peu attention...

— Voyons, Fergus ! s'exclama l'archéologue, horrifiée. C'était autant ta faute que la sienne !

— Te voilà devenue bien moralisatrice, rétorqua-t-il. L'influence de Michalakis, je suppose ! Si tu comptes vraiment te marier, à propos, je te signale que les épouses grecques sont à peine mieux traitées que des esclaves...

— Tu exagères !

— Ah, tu crois ! Elles sont élevées pour obéir sans jamais se plaindre. Elena était ainsi, absolument exaspérante. Elle ne me laissait jamais une minute seul, n'émettait jamais aucun reproche mais me regardait avec de grands yeux tristes lorsque j'exigeais d'avoir un peu la paix... C'était réellement épuisant !

— Pauvre Elena, fit pensivement Tania.

Fergus ne daigna pas relever la remarque. Il marmonna simplement d'un air pensif :

— Néanmoins, j'attends avec impatience de voir l'évolution de ta relation avec Michalakis, ma chère. Il sera fortement déçu en réalisant que tu es froide comme un glaçon, incapable de te distraire sans arrière-pensées...

Tania se mordit les lèvres.

— Nous verrons, répliqua-t-elle d'une voix neutre.

— En tout cas, ne compte pas sur moi pour intervenir ! Je n'ai pas l'intention de me mêler de vos affaires. Je vous souhaite même bien du plaisir ! Cela dit, tu conviendras avec moi que tout cela ne t'empêche en aucune manière de finir mon livre. C'est une priorité, comprends-le bien... J'espère que tu as réussi à faire patienter M. Ross, d'ailleurs. Sans lui révéler ce qu'il n'a nul besoin de savoir !

— La situation à ce sujet est un peu compliquée, j'en ai peur, balbutia-t-elle. J'ai été obligée d'avouer à M. Ross que je rédigeais cet ouvrage. Nous avons rendez-vous à Knossos dans quelques jours, où il devait me dire alors s'il me donnait l'autorisation de continuer. Malheureusement, Titos lui a déjà repris les notes...

— Parce que tu avais confié ces notes à M. Ross ? Mais enfin, Tania, es-tu devenue tout à coup complètement stupide ? Pourquoi te conduis-tu soudain envers moi de façon aussi déloyale ? C'est encore l'influence de ce Michalakis, n'est-ce pas ! Je pensais pouvoir t'envoyer en Crète sans rien avoir à craindre, et tu n'as rien trouvé de mieux à faire que de te précipiter sciemment dans les bras de mon pire ennemi !

— Il ne l'est pas, protesta Tania, exaspérée par les critiques de son frère sur Titos. Il n'a aucune raison de te détester.

— Peu importe, rétorqua Fergus. Il me hait, c'est indéniable. Je croyais que tu prendrais mon parti...

Elle haussa les épaules et lui tourna le dos.

— Je ne veux pas avoir à choisir entre vous, fit-elle à voix basse.

Elle avait employé les mêmes mots avec Titos...

— Peu importe ce que tu veux, répondit sèchement Fergus. Tu me dois énormément, Tania. J'ai fait beaucoup pour toi, dans le passé, et ce n'est pas le moment de l'oublier. As-tu l'intention d'abandonner mon livre pour te marier plus vite avec ce Crétois ?

— Non, murmura sa sœur. Je lui ai dit que je terminerai d'abord le livre.

Le jeune homme poussa un soupir de soulagement.

— C'est déjà ça ! s'exclama-t-il. Il reste donc seulement à arranger les choses avec Dick, et tu pourras t'y remettre. Nous allons lui expliquer la situation ; tu avais peur de ne jamais me revoir, mais tu voulais voir mon livre publié, donc tu as essayé de lui faire croire que tu écrivais mes ouvrages à ma place... Il sera vite convaincu, j'en suis sûr. Au besoin, tu le séduiras avec un ou deux baisers...

Il conclut sa phrase par un rire étouffé et inquiétant. Tania sentit ses cheveux se dresser sur sa tête.

— Tu ne parles pas sérieusement ! protesta-t-elle. Je ne veux pas voir M. Ross, il... il ne me plaît pas. Ne pourrais-tu lui parler toi-même...

— Non. Tu dois venir aussi. Une femme est toujours beaucoup plus efficace dans ces cas-là ! Après tout, tu as bien réussi à séduire Titos Michalakis.

— Je refuse ! s'écria-t-elle nerveusement. Je n'irai pas ! Surtout pas pour colporter tes mensonges...

Elle s'interrompit. Son frère s'était levé et marchait sur elle, le visage glacial.

— J'ai un moyen bien simple de t'y forcer, articula-t-il nettement. Il me suffit d'aller trouver Kyria Melissa, et d'inventer quelques détails sordides sur ton passé. Elle empêchera aussitôt Titos de te voir, et tout sera terminé.

— Mon passé est sans tache ! s'écria la jeune femme en tremblant.

— Je m'arrangerai pour inventer des choses impossibles à réfuter, ne t'inquiète pas, railla-t-il.

— Fergus ! supplia Tania, des larmes dans la voix. Ne fais rien de cela, je t'en prie ! Tu as beau être malheureux, te sentir coupable au sujet d'Elena, ce n'est pas une raison...

— Je ne me sens coupable de rien ! fit-il d'un ton léger.

Elle ferma les yeux. Le choc de la mort de sa femme avait rendu son frère odieux : il avait perdu l'esprit.

— Cessons cette conversation, dit-elle enfin. Je t'ai promis d'écrire ton livre, je n'ai rien à ajouter. A présent, j'ai ma propre vie à organiser...

— Avec Titos Michalakis ? coupa-t-il brutalement. Tu appelles cela une vie ?

— Oui, fit-elle en soutenant son regard. Je serai sa femme et je porterai ses enfants. C'est mon plus cher désir ; je te demande de ne pas détruire mes espoirs...

— Je ne ferai rien, à condition que tu ailles voir Ross, laissa-t-il tomber d'un ton froid. Cela dit, il y a une chose à laquelle tu n'as peut-être pas pensé ; ce n'est peut-être pas par amour, mais pour se venger de moi que Michalakis t'épouse...

— Il serait incapable d'une chose pareille, protesta Tania en baissant les yeux. Ecoute, cessons cette conversation. Je dois aller présenter mes condoléances à Kyria Melissa.

Elle se dirigea vers la porte.

— N'oublie pas ce que je t'ai dit, lança une dernière fois son frère. Attention !

La jeune Anglaise frissonna. Fergus paraissait vraiment capable de détruire son bonheur s'il le voulait. Il pouvait faire croire à Titos qu'elle était légère et sans cœur, et le Crétois refuserait alors de l'épouser... Or, elle ne le supporterait pas. A présent, elle en était sûre, elle l'aimait et souhaitait par-dessus tout être sa femme. Si lui ne partageait pas encore ses sentiments, elle s'emploierait à gagner son cœur, même si cela devait prendre des années...

Elle gravissait lentement le sentier qui menait à la villa Michalakis, s'arrêtant de temps à autre pour contempler les eaux turquoise de la mer et les minuscules moulins à vent qui se dressaient à l'horizon. Enfin elle aperçut la mère de Titos, debout dans son jardin, et la rejoignit.

— *Kalimera,* murmura-t-elle. Je tiens à vous dire combien je compatis pour la mort d'Elena, Kyria Melissa. Je ne la connaissais pas, mais je suis avec vous de tout cœur.

La vieille dame se redressa dignement, une tristesse infinie dans le regard.

— Je ne pensais pas voir partir si tôt l'un de mes enfants, murmura-t-elle. Mais peut-être cela vaut-il mieux pour elle... Qui le saura jamais ? Quant à vous, ma chère Tania, il y a bien longtemps que vous ne m'avez rendu visite.

— Je devais m'occuper de Fergus, balbutia l'intéressée en rougissant. Il se remet mal du choc subi. Il donne l'impression de vouloir tout oublier, de se conduire comme si rien ne s'était produit...

— Cela ne m'étonne pas trop, en fait, fit un peu sèchement son hôtesse. Dans un sens, il est soulagé. Il ne prendra jamais vraiment le deuil de ma fille : Il s'enfuira très vite, chassant toute cette période de son esprit, avec une certaine lâcheté... En outre, il aurait probablement divorcé tôt ou tard, si Elena avait vécu. Et le divorce, en Crète, est une chose impardonnable.

— Vous êtes bien sévère, ne put s'empêcher de souligner Tania.

Kyria Melissa la considéra avec insistance.

— Peut-être, répliqua-t-elle enfin. Mais si vous décidez de vivre parmi nous, il faudra vous habituer à nos coutumes. Mon fils ne supportera pas que vous le quittiez. Il ne le permettrait d'ailleurs pas.

— Je ferai tout mon possible pour le rendre heureux, assura-t-elle avec sincérité. S'il le faut, je vous demanderai votre aide...

La vieille dame se pencha sur un buisson de roses et se mit en devoir d'ôter les fleurs fanées.

— Aimez-vous mon fils ? demanda-t-elle soudain, d'un ton abrupt.

— Oui, avoua Tania.

— Le lui avez-vous dit ?

— Non. En anglais, je n'ose pas, et en grec, je ne connais pas les mots nécessaires...

— Les voici. Ecoutez-moi bien : *s'agapo* signifie « je vous aime » ; *poli* veut dire « beaucoup ». *S'agapo poli*, « je vous aime beaucoup »...

Tania répéta la formule plusieurs fois, avec application.

— Bien, approuva Melissa avec satisfaction, au bout de plusieurs essais. En fait, je suis heureuse de vous voir épouser mon fils, je dois le reconnaître. Vous êtes si différente de votre frère !

La jeune Anglaise ouvrit la bouche pour protester, mais la vieille dame ne lui en laissa pas le temps.

— Je ne dirai rien contre lui, ne craignez rien, prononça-t-elle avec un léger rire. Rien en sa faveur non plus, d'ailleurs !

— Il ne voulait aucun mal à Elena, vous savez, glissa Tania avec tact.

— Peut-être. Mais avec Rhéa...

— Rhéa ?

— Oh, n'imaginez rien d'extraordinaire, se hâta d'ajouter Melissa.

Elle s'interrompit un instant, puis décida visiblement d'esquiver le sujet.

— De toute manière, Rhéa vous aime beaucoup, reprit-elle. Elle est enchantée de vous voir entrer dans la famille. D'ailleurs, elle aurait aimé rester avec vous à la villa, mais la présence de Fergus...

— ... Je n'ai plus besoin de compagnie, termina Tania en souriant. Est-ce là votre pensée ?

— Non, fit la vieille dame en se penchant à nouveau sur le buisson de roses, l'air embarrassé. En fait, Titos a interdit que Rhéa se retrouve sous le même toit que votre frère. En ce moment, elle va mieux, et il faut lui éviter les émotions. Elle risquerait de retomber malade, de recommencer à faire des cauchemars...

— Fergus serait incapable de lui faire du mal, murmura l'Anglaise, pâle comme la craie.

— C'est certain, assura l'autre d'un ton réconfortant. Pour votre frère, Rhéa n'est qu'une adolescente sans intérêt. Il ne lui prête aucune attention. Seulement, il est tout de même plus sage pour elle de rentrer à la maison. C'est l'ordre de Titos.

— Et votre fille ? Qu'en pense-t-elle ?

— Eh bien, elle aimerait mieux rester avec vous, naturellement. Mais elle a l'habitude d'obéir à son frère sans murmurer. D'ailleurs, pourquoi ne viendriez-vous pas vous-même résider sous notre toit ?

— C'est impossible. Fergus a besoin de moi. Il est bouleversé, son livre n'est pas terminé... Et il est seul. Aucun de vous ne lui a encore témoigné la moindre sympathie...

— Vous avez raison, Tania. Mais croyez-vous que votre frère serait heureux de nous recevoir, même dans les tristes circonstances actuelles ?

Non, bien sûr, songea intérieurement la jeune

femme. Au contraire, Fergus mettrait probablement sa belle-famille à la porte sans ménagements.

— Je sais, fit-elle à voix haute en soupirant. En ce moment, il est d'une humeur exécrable, et il vaudrait mieux qu'il reste seul. Mais dans quelque temps, lorsqu'il sera calmé, je serais tellement heureuse si vous pouviez vous réconcilier avec lui... Il est ma seule famille, et il sait se montrer extrêmement gentil, à l'occasion.

— Nous verrons, répondit gentiment Melissa. En fait, cela dépend surtout de Titos. Je dois lui demander s'il est d'accord pour que nous rendions visite à votre frère. Cela resterait une cérémonie tout à fait formelle, j'en ai peur...

— Ce serait déjà préférable, insista l'Anglaise. Merci de votre compréhension, *kyria*.

— Ne m'appelez donc plus ainsi ! s'exclama la vieille dame. Le terme *kyria* est poli, mais froid. Quel nom donnez-vous à votre mère ?

Tania rougit légèrement.

— Quand j'étais enfant, je l'appelais maman, expliqua-t-elle. A présent, dans les lettres, j'emploie surtout « chère mère ».

— Eh bien, en ce qui me concerne, j'aimerais que vous m'appeliez *mama,* comme le fait Titos. Ou, à la rigueur, Melissa. Mais pas *kyria !* C'est un terme réservé aux étrangers...

La jeune archéologue, profondément touchée, adressa à son interlocutrice un sourire radieux. Pendant un court instant, elle avait oublié tous ses soucis.

— Ne trouveriez-vous pas impertinent que j'utilise *mama ?* demanda-t-elle.

— Mais non ! Puisque c'est moi qui vous le demande ! N'hésitez pas, ma fille, *Kori mou.*

— Bien, ce sera un plaisir pour moi. Tout au moins, si cela ne dérange pas Titos et Rhéa...

— Pas le moins du monde, au contraire.

Kyria Melissa embrassa gentiment Tania, en se dressant sur la pointe des pieds, puis elle lui donna une petite tape affectueuse sur la joue.

— Mes enfants vous aiment beaucoup, vous savez, ajouta-t-elle.

— Mais ils n'aiment pas Fergus, objecta tristement la jeune femme.

— Il ne faut pas trop leur en demander, Tania. Le passé pèse toujours lourdement sur le présent... Néanmoins, parlez-en avec Titos : il comprendra très bien que vous désiriez rester en bons termes, votre frère et vous. Naturellement, il ne pourra peut-être pas encore lui pardonner. Mais il sait combien Fergus a souffert de la mort d'Elena. Il pourra estimer la punition suffisante...

— La punition ? Ce n'est tout de même pas à Titos de punir Fergus !

— Non. Je veux dire simplement que nous nous forgeons nous-mêmes notre propre châtiment. En outre, Fergus est le premier à ne pas vouloir nous pardonner. Il rend les choses extrêmement difficiles...

— Peut-être, admit Tania. Mais il a fait tellement pour moi, depuis plusieurs années, que je dois absolument l'aider en ce moment. Ce n'est que simple justice.

Kyria Melissa hocha la tête et tendit le doigt vers une rose sur laquelle une abeille était occupée à butiner.

— Nous dépendons tous les uns des autres comme l'abeille dépend de la rose, murmura-t-elle. Mais pas plus. Si votre frère devait vous faire du mal, vous faire souffrir, Titos ne le supporterait absolument pas. Il le chasserait de Crète aussitôt, sans autre forme de procès.

Elle cueillit la rose et la tendit à sa jeune compagne, puis reprit :

— Expliquez cela à Fergus, la situation en sera plus claire.

— Je ne comprends pas répliqua Tania en respirant

le parfum enivrant de la fleur. Quel mal Fergus pourrait-il me faire ?

— Espérons que rien ne se produira, se borna à répondre Melissa, d'un ton évasif.

Elle se détourna et montra, à l'autre bout du jardin, un petit troupeau de chèvres.

— Je deviens trop vieille pour m'occuper de ces animaux, se plaignit-elle. Ils passent leur temps à dévorer mes plantations. Titos voudrait s'en débarrasser, et il n'a pas tort. Mais, dans un sens, je serais désolée de perdre mes chèvres, je dois l'admettre !

— Vraiment ! s'étonna Tania avec admiration. N'en avez-vous jamais eu peur ? Elles vous regardent d'une telle façon...

Kyria Melissa éclata de rire.

— Au début, si, j'étais terrifiée. Mais je craignais encore plus fort les moqueries de Sterghios, mon mari, et je ne lui ai jamais avoué combien je redoutais les chèvres. Je me signais en allant les traire, le soir, et même le matin en les entendant crier ! Puis, peu à peu, je m'y suis habituée. Ce sont des animaux parfaitement inoffensifs lorsque l'on sait les prendre.

— Je ne saurais vraiment pas m'en occuper, avoua la jeune femme. Je n'ai même jamais trait aucune vache...

— Vous n'en aurez pas besoin, la consola Melissa. Titos ne dépend plus des chèvres pour vivre. Il a d'autres revenus !

Il était presque l'heure du déjeuner lorsque Tania quitta à contrecœur sa future belle-mère. Celle-ci lui avait aussi parlé d'Elena, et la jeune Anglaise avait peu à peu compris combien les membres de la famille Michalakis étaient proches les uns des autres. Il était d'autant plus précieux, songea-t-elle en redescendant le sentier, d'être acceptée comme l'une des leurs...

A la cuisine de la villa, elle retrouva Anna.

— Je ne serai plus ici demain, ne l'oubliez pas, lui confia cette dernière.

— Avez-vous prévenu mon frère ? s'enquit Tania, consciente d'une certaine tension dans l'atmosphère de la demeure.

— Non. Il a un visiteur, et je ne veux pas le déranger.

La sœur de Fergus se dirigea aussitôt vers le salon, devinant clairement de quel visiteur il s'agissait. Elle s'arrêta un instant devant un miroir et rejeta ses cheveux vers l'arrière. Elle n'avait pas la moindre envie de revoir M. Ross.

Son frère la regarda entrer avec une surprise évidente. Tania faillit éclater de rire devant son expression. Avait-elle donc tellement changé ? Si c'était le cas, c'était uniquement grâce à Titos...

— Bonjour, monsieur Ross, dit-elle poliment.

L'intéressé sauta sur ses pieds.

— Appelez-moi Dick, répéta-t-il comme la première fois où ils s'étaient rencontrés. Vous êtes ravissante ! Fergus était en train de m'expliquer pourquoi vous aviez offert de rédiger le livre à sa place, tout en étant incapable d'un tel travail. Vous auriez dû me dire la vérité, vous savez ! Nous n'aurions pas entamé de poursuites. C'était courageux de votre part, mais un peu risqué ! Enfin, maintenant, votre frère est rentré. Vous allez pouvoir taper son manuscrit comme d'habitude, sans vous mêler d'autre chose.

Tania eut un sourire contraint et lança un coup d'œil à Fergus. Il paraissait avoir meilleure mine et restait imperturbable.

— Effectivement, fit-elle froidement. Vous pouvez désormais vous adresser à l'auteur lui-même.

— C'est ce que j'ai fait, assura Ross d'un ton satisfait. Il va se mettre au travail aujourd'hui même. En échange, il m'a promis que vous m'accompagneriez à Knossos, cet après-midi...

Son interlocutrice se sentit soudain inquiète et tendue. Elle avait le sentiment de tomber dans un piège...

Comme elle gardait un silence embarrassé, l'homme se rapprocha légèrement et se pencha vers elle.

— Vous viendrez, n'est-ce pas ? murmura-t-il.

— Je... je viendrai si Fergus vient avec nous, lâcha-t-elle enfin.

Son frère lui lança un regard perçant, puis esquissa un sourire ironique.

— Pour cette fois, j'accepte, laissa-t-il tomber. Je suis prêt à tout pour t'empêcher de voir Titos Michalakis...

Dick Ross haussa des sourcils interrogateurs.

Tania le toisa de haut.

— C'est mon fiancé, déclara-t-elle.

10

L'après-midi, tous trois s'entassèrent dans l'ancienne Fiat d'Elena. Fergus se mit au volant ; Tania se glissa hâtivement à l'arrière puis se plongea dans ses pensées, écoutant à peine la conversation des deux hommes.

Un peu plus tard, Ross se retourna en souriant et demanda :

— Que va devenir votre frère lorsque vous serez mariée, ma chère ?

Le tic de sa joue et l'éclat de son regard étaient décidément de plus en plus désagréables.

— Je pourrai encore taper à la machine, au moins pendant quelque temps, répondit-elle. Mais je n'aurai plus l'occasion de visiter les sites. Cela n'a d'ailleurs aucune importance : il le fait beaucoup mieux que moi !

Elle eut l'intime satisfaction de voir la nuque de Fergus tourner soudain au rouge brique. Effectivement, songea-t-elle, que deviendrait-il sans elle ? Curieusement, elle ne s'était pas encore posé la question...

— J'ai entendu dire que cette île recelait de nombreuses cavernes, reprenait Ross. Allez-vous les mentionner dans l'ouvrage ?

— Je ne pense pas, répliqua Fergus. La plupart sont trop isolées pour offrir un quelconque intérêt. Je citerai peut-être celle où, selon la légende, Zeus est né, mais c'est tout.

Sa voix était nerveuse. Tania souhaitait de tout cœur qu'il ne redevienne pas aussi agressif que le matin.

— Il serait dommage de ne pas indiquer la caverne Idha, souligna-t-elle. Zeus y avait passé une partie de son enfance, et Minos, lorsqu'il devint roi, décida de s'y rendre en pèlerinage tous les neuf ans. A cette occasion, il consultait Zeus sur les décisions à prendre pour son gouvernement. J'aimerais beaucoup visiter cette caverne, à l'occasion.

— Je ne te le conseille pas, répliqua sèchement son frère. Il n'y a pas grand-chose à voir.

— Tiens ? s'étonna Tania. L'aurais-tu donc déjà visitée ? Tu ne me l'avais pas dit.

— Je m'y suis rendu une fois, en compagnie d'Elena, murmura-t-il. Crois-moi, si tu ne veux pas encourir la colère de Titos, suis mon conseil, et ne t'approche pas de la caverne Idha.

— Nous irons ensemble, si vous le souhaitez, coupa à ce moment Dick Ross avec malice. Mais, dites-moi pourquoi donc Zeus avait-il dû se cacher dans une caverne ? Il est pourtant le dieu des dieux, n'est-ce pas ?

— Oui, expliqua la jeune femme. Mais avant lui, il y avait un autre chef : Chronos. On avait prédit à ce dernier que l'un de ses enfants le supplanterait, et, pour l'éviter, il dévorait chacun des enfants que sa femme Rhéa mettait au monde. Au bout d'un moment, celle-ci en eut assez ; lorsque Zeus naquit, elle le cacha dans la caverne Idha et donna à Chronos, à sa place, une grosse pierre enveloppée d'un tissu. Dans cette caverne il y avait un groupe de guerriers qui prenaient soin du bébé, dissimulant ses cris par les leurs. Plus tard, une fois devenu grand, Zeus prit alors effectivement la place de Chronos.

— Et que peut-on voir dans la caverne ?

— Rien, répondit Fergus. En outre, l'accès en est très difficile et relativement dangereux. Elena elle-même avait eu du mal à retrouver le chemin... Je n'y retournerai jamais. Jamais !

— Zeus n'avait peut-être pas envie d'être dérangé, plaisanta Dick Ross.

— Je l'ignore, fit évasivement le jeune Anglais. Mais je sais qu'Elena était extrêmement contente d'être un peu seule avec moi pour une fois. Même la désapprobation de sa famille ne parvenait pas à gâcher sa joie, ce jour-là... J'aurais dû la rendre plus heureuse par la suite. Peut-être serait-elle encore vivante...

— Etiez-vous amoureux d'elle ? interrogea Ross avec une curiosité déplacée et malsaine. Les Crétoises sont des femmes passionnées, paraît-il.

— Elena était ma femme, coupa Fergus d'un ton glacial.

Un lourd silence s'ensuivit. La route entre Heraklion et Knossos était particulièrement encombrée. Des camions doublaient la voiture à vive allure, soulevant des nuages de sable et de poussière. Enfin, ils atteignirent le site archéologique de Knossos. Fergus gara le véhicule en face de l'entrée. Dans une sorte de baraquement, on avait installé un guichet et une boutique de souvenirs débordant de babioles diverses. Les deux hommes discutèrent poliment pour savoir qui paierait les billets, puis s'aperçurent que cette fois les visites étaient gratuites. Tous trois s'engagèrent donc dans l'allée qui menait à l'ancien palais minoen.

— A quoi rêves-tu, Tania ? appela soudain Fergus. Indique-nous l'entrée du palais, nous ne la trouvons pas.

Tania, qui s'était attardée derrière eux, consulta hâtivement son plan.

— Par ici, répondit-elle. Sous ce portique.

Elle montra du doigt un passage visiblement restauré depuis peu, puis ils s'y engouffrèrent.

Les trois jeunes gens se mirent à explorer méthodiquement les pièces du palais. Selon sa vieille habitude, Fergus Drummond pestait contre les restaurations, extrêmement mal faites à son avis. Sa sœur partageait son opinion, mais elle désapprouvait encore plus les fresques criardes dont on avait orné les murs.

— Quelle horreur, s'exclama-t-elle. Ces fresques sont aussi épouvantables que celles que j'avais trouvées à la villa. Le mouvement en est totalement figé, les couleurs vulgaires... Elles n'ont plus rien de commun avec les originaux !

— Cela a peu d'importance, grommela son frère. Il s'agit simplement de donner une idée de l'ensemble. Ecoute, ton bavardage me dérange. Ne voudrais-tu pas t'occuper un peu de M. Ross, et me laisser tranquille ?

Tania s'esquiva, sans se formaliser des paroles désagréables de son frère. Cette humeur maussade chez Fergus n'était nullement nouvelle pour elle ; elle indiquait simplement qu'il voulait réfléchir calmement. La jeune femme retrouva Ross dans l'une des pièces. Il lui lança un regard profondément déplaisant, un regard comme il n'en aurait jamais eu s'il l'avait rencontrée auparavant, en Angleterre. Elle avait beaucoup changé d'apparence, elle le savait ; une sorte de maturation, d'épanouissement s'était produit en elle. Or, il était parfois encore difficile d'en maîtriser totalement les conséquences. Si seulement Titos était auprès d'elle ! songea-t-elle. A présent, c'était seulement en présence du Crétois qu'elle se sentait vraiment en sécurité...

Malgré le plan du palais, Dick et elle se perdirent dans les méandres des couloirs. L'homme répétait obstinément qu'il voulait voir « le » labyrinthe, celui où Thésée était venu à bout du Minotaure ; sa compagne s'efforçait en vain de lui expliquer, avec une exaspération croissante, que le palais tout entier constituait un labyrinthe.

— Ce dédale de pièces et de passages était destiné à décourager les envahisseurs, conclut-elle.

— Les envahisseurs? Je croyais que Dédale avait construit ce palais pour le Minotaure...

— Cela, c'est la légende, ce n'est pas la réalité. En fait, les palais minoens sont volontairement construits suivant un plan complexe, appelé aussi « labyrinthe », dont Knossos est le meilleur exemple.

— Vraiment? A vrai dire, susurra Ross, j'espérais me perdre dans un coin avec vous...

Tania se raidit imperceptiblement.

— Eh bien, nous sommes un peu égarés, mais nous allons nous retrouver avec le plan, répliqua-t-elle, feignant de ne pas comprendre.

— Pas tout de suite, insista-t-il avec un sourire de biais. Nous avons tout le temps...

— M. Ross, lança alors la jeune femme avec fermeté, je ne suis pas venue ici pour flirter avec vous, mais pour visiter ce palais. Tenez-vous le pour dit.

— D'après Fergus, vous n'êtes pas aussi rigide, ma chère, rétorqua-t-il avec son tic habituel dans la joue.

— Fergus se trompe!

— Songeriez-vous donc à votre fiancé? railla alors l'Anglais. Je suis d'ailleurs surpris de vous voir vous éprendre de l'un de ces Crétois. Il doit faire preuve d'une technique particulièrement efficace...

— Tout ceci ne vous concerne en rien! jeta violemment son interlocutrice, cette fois franchement furieuse.

Il haussa les épaules.

— Ne vous fermez donc pas d'autres horizons, reprit-il. Les Latins n'ont pas le monopole de la séduction...

— Titos est grec, coupa-t-elle d'un ton glacial. Pas latin.

Ross posa une main sur l'épaule de Tania.

— Peut-être aimerez-vous mes baisers autant que les siens, chuchota-t-il. Vous ne perdez rien à essayer !

Il la poussa contre le mur, la plaquant à la paroi des deux mains, et se pencha. Vivement, la jeune femme réussit à se glisser sous son bras et elle s'enfuit, courant de toutes ses forces.

Elle se retrouva dans la cour centrale et aperçut Fergus.

— Que se passe-t-il ? demanda-t-il en s'approchant.

— Je rentre, haleta-t-elle. Je vais prendre le bus.

— Dick s'est montré désagréable ?

— Oui, et c'est de ta faute. Tu as dû lui parler de moi en des termes absolument inexacts ! C'est inutile, Fergus. Rien ne me fera changer d'avis au sujet de Titos. Mets-toi bien cela en tête ! Ross ne m'intéresse pas.

— Il ne demande pas beaucoup, soupira son frère. Tu comprends, j'ai touché une grosse avance sur la parution de mon livre ; et j'espérais que tu l'amadouerais un peu en te montrant gentille avec lui, afin qu'il ne perde pas patience... Tu ne veux pas ?

— Certainement pas ! s'écria-t-elle.

— Bien, admit-il. Comme tu veux. Je vois que je ne suis plus le premier dans ton cœur... C'est drôle, je ne pensais pas que tu te marierais sans me demander mon avis. Si Michalakis devait te rendre heureuse, je serais d'accord, mais j'en doute...

Tania sourit doucement.

— Je préfère être malheureuse avec lui, plutôt qu'heureuse avec n'importe quel autre, Fergus.

A sa grande surprise, les yeux du jeune homme s'emplirent de larmes.

— C'est exactement le genre de choses qu'Elena me disait, murmura-t-il. Elle avait des côtés exaspérants, mais maintenant elle me manque énormément... Nous n'avons pas eu le temps de bien nous connaître. Quel gâchis...

— Tu l'aimais, n'est-ce pas ? murmura gentiment sa sœur.

— Je suppose, répondit-il après un silence. Je pensais que ni toi ni moi n'étions capables d'une grande passion, mais j'ai dû me tromper. Ecoute, rentre à la maison si tu veux, je m'occuperai de Dick. Je lui expliquerai n'importe quoi. D'accord ?

La jeune femme se haussa sur la pointe des pieds et l'embrassa légèrement sur la joue.

— Merci, Fergus, assura-t-elle. Je suis heureuse de te voir enfin moins fâché que ce matin !

— Attention, prévint-il. Mes sentiments au sujet de Michalakis n'ont absolument pas changé. Je ne ferai pas un geste, même si tu l'épouses !

— Ne lui pardonneras-tu jamais ?

— J'en doute fort. Il a porté sur moi un jugement définitif sans même se soucier de me connaître vraiment, sans essayer de voir les choses de mon point de vue. C'est impardonnable.

Tania faillit répliquer, espérant toujours le convaincre, mais Dick Ross apparut dans l'embrasure d'une porte. Il les rejoignit sans lui laisser le temps de disparaître.

— Ma sœur doit nous quitter, lança Fergus d'un ton léger. Nous allons continuer seuls.

Dick les dévisagea tour à tour, l'air désarçonné.

— Si Tania veut rentrer, pourquoi ne rentrons-nous pas avec elle ?

— Impossible, fit Fergus avec fermeté. J'ai encore beaucoup à voir.

Le visage de Ross se ferma, et il posa brutalement la main sur le bras de la jeune femme.

— Une minute ! glapit-il. Tout ceci ne me plaît pas beaucoup ! Je peux très bien annuler l'édition du livre si Tania ne se montre pas plus aimable avec moi...

— Ce serait dommage, objecta calmement Fergus.

Cherchez donc plutôt une... compagne d'un abord plus facile.

Ross grimaça et repoussa Tania d'un geste méprisant.

— Après tout, vous avez raison, grommela-t-il. Je ne vais pas me donner la peine de...

Une fois libérée, la jeune archéologue prit ses jambes à son cou sans se soucier d'écouter la fin de la phrase. Une chose, cependant, lui faisait plaisir : son frère avait fait preuve d'une étonnante gentillesse.

Lorsqu'elle atteignit la route, aucun bus n'était en vue. Se résignant à attendre, elle traversa et se mit à contempler les devantures des boutiques de souvenirs. La plupart vendaient aux touristes des exemplaires parfois assez réussis de l'artisanat local : petites statuettes et dessins représentant les anciens dieux, ou le minotaure sous forme de taureau. L'une des vitrines tranchait sur les autres. Elle n'exposait aucun objet, sauf des assiettes de céramique sur lesquelles un peintre, expliquait-on, reproduisait un dessin au choix du client.

L'Anglaise appuya son front contre la vitre pour tenter d'apercevoir s'ils vendaient autre chose. Elle distingua dans un coin de magnifiques icônes, patinées par l'âge, accrochées au fond de la boutique. Elle se demandait si elle avait le temps de les regarder de plus près avant l'arrivée du bus, lorsqu'elle se rendit compte, tout à coup, que le vendeur à l'intérieur était... Titos !

Il la remarqua au même moment et vint ouvrir la porte avec un grand sourire.

— Quel bon vent vous amène ? demanda-t-il.

— J'ai accompagné mon frère et M. Ross à Knossos.

Tout en parlant elle s'approcha de lui, s'attendant à recevoir un baiser. Puis elle se ressaisit, se souvenant à temps qu'il n'en était pas question en public.

— Où sont-ils donc ? reprit Titos.

Il lui prit doucement la main, entrelaçant leurs doigts avec tendresse. Ce geste, songea-t-elle était encore plus émouvant qu'un baiser...

— Ils sont encore dans le palais, répondit-elle. Est-ce là votre magasin, Titos ? Rhéa y travaillait de temps à autre, n'est-ce pas ? Elle m'en avait parlé. Ces assiettes peintes sont magnifiques !

— Elles vous plaisent ? Vous pouvez en avoir une, si vous le souhaitez. Il vous suffit de choisir un motif...

— J'ai peur que ce ne soit trop cher, objecta-t-elle, sottement.

— Je vous l'offre, évidemment !... A une condition, cependant : avouez-moi pourquoi vous avez abandonné votre frère et M. Ross derrière vous. Aviez-vous l'intention de rentrer seule ?

— Oui, admit Tania en rougissant. Par le bus.

— Fergus vous aurait-il contrariée ? interrogea-t-il avec un regard inquisiteur.

— Oh, non ! s'exclama-t-elle. Il se montre souvent maladroit et exaspérant, mais il ne fait rien pour me blesser intentionnellement, au contraire ! Il ne vous a pas encore rendu visite parce qu'il hésite, mais en réalité, la mort d'Elena l'a profondément bouleversé. Il l'aimait aussi, vous savez.

— Peut-être, fit sèchement Titos. En tout cas, si ce n'est pas lui qui vous a ennuyée, ce ne peut être que ce Dick Ross. Je me trompe ?

— Eh bien, balbutia-t-elle, je... j'ai voulu l'empêcher de déranger Fergus. Or, il s'est révélé moins... courtois que je ne l'aurais cru...

— Je l'imagine aisément... En ce moment, vous êtes jolie à faire tourner toutes les têtes ! répliqua le Crétois avec un demi-sourire.

Tania devint écarlate.

— Auparavant, murmura-t-elle, il ne m'aurait pas accordé un seul regard.

— Sottises !

— Si, insista-t-elle, je vous assure ! Personne ne me regardait jamais avant... avant que je vous rencontre !

— Votre beauté était endormie, *karthia mou,* répondit-il doucement. A présent, c'est différent... Puis-je vous raccompagner moi-même ? Votre assiette de céramique sera prête dans une minute.

— Volontiers, merci.

Quelques instants plus tard, ils s'installaient dans la voiture de Titos. Tania posa délicatement l'assiette sur ses genoux, afin que la peinture ait le temps de sécher complètement. Son compagnon alluma une cigarette et la dévisagea.

— Où en est le livre ? demanda-t-il enfin.

— Pour l'instant, il est à peine commencé, expliqua-t-elle. Fergus est encore très fatigué.

— Ma patience s'épuise, soupira-t-il.

La gorge de la jeune femme se serra.

— Essayez de comprendre, supplia-t-elle, levant les yeux vers lui.

— Je brûle de vous épouser, Tania, répliqua-t-il avec un profond sérieux. Je vous voudrais maintenant, et pas quand il plaira à Fergus... Enfin, je comprends. Vous avez un excellent avocat en la personne de *mama,* le savez-vous ? Elle passe son temps à m'exhorter en votre faveur...

— Je suis désolée, Titos, fit Tania d'une voix tremblante.

Il esquissa un sourire.

— Lorsque vous êtes près de moi, cela va encore, poursuivit-il. Mais lorsque vous n'êtes pas là, c'est épouvantable. Je suis littéralement hanté par votre présence !

— J'espère que vous n'avez pas dit cela à votre mère !

— Pourquoi pas ? Vous êtes ma fiancée !

Tania baissa les paupières. D'après elle, ce n'étaient pas des choses que l'on confiait à une mère. Si encore il l'avait vraiment aimée... Il fallait espérer au moins que Mélissa ignorait les motivations profondes de son fils, le fait que seul le désir physique, et non l'amour, le guidait...

Ses doigts serrèrent l'assiette avec force.

— Je dois finir ce livre ! lança-t-elle enfin, les dents serrées.

— Alors, dépêchez-vous, répondit-il. Fergus devra bien apprendre à se débrouiller sans vous, à un moment ou à un autre...

— Dick Ross lui avait versé une avance, vous comprenez.

— Ne peut-il le rédiger lui-même ?

— Fergus ? Non, malheureusement.

— Enfin, n'en parlons plus, conclut-il. Je me rattraperai en temps utile !

Il lui jeta un long regard, et pendant un court instant, la jeune femme crut qu'il allait l'embrasser. Mais il n'en fut rien ; Titos actionna le démarreur et le véhicule s'engagea sur le chemin du retour.

Tania éprouvait un étonnant sentiment de déception. Pourquoi donc n'avait-elle pas droit à un baiser ? Ils ne se trouvaient pourtant plus dans la boutique... Son désarroi s'accrut devant le silence que le Crétois garda jusqu'à Mallia. Elle aurait voulu lui dire combien elle était hantée, elle aussi, par son image ; Titos l'obsédait en permanence, dans son cœur comme dans son esprit... Cependant, les mots ne franchirent pas ses lèvres.

— Où est donc Anna ? demanda-t-il en s'arrêtant devant la villa.

— Elle ne vient plus ; elle a peur de déplaire à votre mère en travaillant pour Fergus.

— Donc, vous faites le ménage et la cuisine en plus du livre ? Cela ne va pas, Tania. Je vais dire à Anna de revenir.

Justement, Minos avait courut vers eux en voyant la

voiture. Ils le suivirent jusqu'à la maisonnette où il habitait avec sa mère. Celle-ci les salua gracieusement et se mit à préparer du café.

Tout en l'observant, Titos lui adressa une longue tirade en grec.

— Je ne peux pas, répliqua la Crétoise en anglais, secouant vigoureusement la tête. Cela ferait trop souffrir Melissa, de me voir travailler pour l'homme qui a pris sa fille ! J'ai promis à Sterghios avant sa mort, de ne plus jamais faire de mal à sa femme. Nous lui en avons déjà infligé bien suffisamment...

Le sang de Tania se glaça dans ses veines. Sterghios ! Mais c'était le père de Titos ! Elle croisa le regard de l'homme et balbutia :

— Minos n'est donc pas...

— C'est mon frère, coupa-t-il. N'aviez-vous pas compris ?

— Non... Je vous demande pardon, murmura-t-elle.

Anna éclatait de rire malgré ses larmes.

— Si vous pensiez que Titos était le père de mon fils, comment avez-vous pu supporter de me voir tous les jours ? intervint-elle. Moi-même, j'aurais été folle de jalousie !

— Je ne voulais pas être jalouse... commença l'intéressée.

Titos posa doucement une main sur son bras.

— Notre chère Tania est anglaise, expliqua-t-il. Elle ne sait pas encore exprimer ses émotions. Il lui reste encore à apprendre comment aimer et haïr à la manière grecque... avec passion !

— Je suis désolée, répéta encore la jeune femme, les joues en feu. Mais Minos et vous, vous vous ressembliez de façon tellement surprenante... Et puis, j'aime beaucoup Anna et son fils, en dépit de tout. Je les aimais déjà au début !

— Mais moi, vous ne pouviez pas m'aimer, chuchota Titos en l'enlaçant. Croyant que j'avais un fils...

— Je vous haïssais presque, répondit-elle à voix basse, posant sa tête sur son épaule. Je souffrais énormément...

Son compagnon répliqua en grec, puis lui embrassa doucement la joue.

— Cela ne fait rien, Tania *mou*, reprit-il. Entre un homme et une femme, la haine n'est jamais très loin de l'amour !

11

Pendant les jours suivants, Tania travailla d'arrache-pied sur le livre de Fergus, avec une farouche détermination. Rien ne la distrayait ; ni Minos, ni Titos, ni même le bavardage de Fergus qui allait de mieux en mieux. Rhéa n'osait plus se montrer le matin au petit déjeuner, comme elle en avait pris l'habitude.

— Comment peux-tu travailler autant ? protesta-t-elle un jour. Je suis surprise que mon frère l'accepte aussi bien...

Elle conclut sa phrase par une grimace légèrement peinée.

Désemparée, la jeune Anglaise s'efforçait en vain de faire comprendre l'urgence et l'importance de son occupation ; Rhéa la quitta sans paraître comprendre. Tania se remit à l'ouvrage avec un soupir. Elle s'était promis de ne pas revoir Titos avant d'avoir terminé. A la limite, c'était aussi une décision symbolique : il devenait impossible de continuer ainsi à être déchirée entre son passé et son présent...

— Comment cela va-t-il ? interrogea Fergus au déjeuner.

— Je fais de mon mieux, rétorqua sa sœur. Tu devras prendre soin toi-même des corrections.

— Naturellement, assura-t-il en souriant. Je te suis tellement reconnaissant...

L'intéressée secoua la tête d'un air las.

— C'est la dernière fois, Fergus. J'espère que tu l'as bien saisi. Que comptes-tu faire désormais ?

— J'ai trouvé un travail de professeur aux Etats-Unis, je vais enseigner l'archéologie. Ne t'inquiète pas. Je n'aurai plus besoin de revenir en Crète...

— Pas même pour me voir? interrogea Tania, blessée.

— Plus tard, peut-être, si tu me le demandes. Il vaut mieux te laisser le temps de devenir pleinement madame Michalakis, je pense... En outre, Titos exigera probablement toute ton attention. Tu ne pourras pas te partager entre nous deux !

Les yeux de la jeune femme s'embuèrent.

— S'il te connaissait mieux, je suis certaine qu'il t'apprécierait, répliqua-t-elle.

— C'est possible, mais nous n'aurons pas l'occasion de le vérifier. Tu sais très bien que tu ne peux aimer qu'un seul homme à la fois, avec un dévouement total. Autrefois, c'était moi l'objet de ta dévotion, et d'ailleurs j'en ai honteusement abusé. Ne me contredis pas ! Je t'ai laissé faire presque tout mon travail à ma place, en plus du tien... Maintenant, ton maître est Titos, et tu dois te consacrer à lui.

— Titos n'est pas mon maître ! objecta-t-elle vivement.

— Tu peux l'appeler comme tu veux...

Tania décida d'esquiver le sujet.

— Il prétend commander au tonnerre ! fit-elle d'un ton plaisant, avec un sourire.

— Le tonnerre? répéta Fergus sans comprendre. Quel tonnerre ?

Pendant un court instant, l'Anglaise resta silencieuse, songeant à la manière dont le sol tremblait sous ses pieds chaque fois que Titos la touchait ou l'embrassait... Puis elle répondit d'une voix neutre :

— Oh, nous nous sommes rencontrés pendant un orage, c'est tout. Penses-tu te plaire aux Etats-Unis ?

— Pourquoi pas ? rétorqua son frère, sans poser de questions au sujet du fameux orage, au grand soulagement de Tania.

— Oui, bien sûr... murmura-t-elle. Et tu deviendras vite célèbre...

— J'en ai bien l'intention, avoua le jeune homme avec un large sourire.

— Je te fais entièrement confiance, assura Tania avec sincérité.

— Je te crois, remercia-t-il.

Puis, soudain sérieux, il baissa les yeux vers son assiette.

— Elena aussi disait qu'elle me faisait confiance, ajouta-t-il à voix basse.

Après le repas, Tania se rendit dans la cuisine où elle trouva Anna occupée à la vaisselle. La Crétoise la salua chaleureusement.

— Kyria Melissa est venue vous voir ce matin, lui apprit-elle. Je lui ai demandé de ne pas vous déranger. Elle m'a proposé de prendre soin de Minos lorsque je partirai en Amérique.

— Vraiment ? Mais vous êtes sa mère, Anna ! Ne souhaitez-vous pas l'emmener avec vous ?

— J'aimerais beaucoup, naturellement, mais c'est mieux pour nous deux que Minos reste ici. Personne ne m'épousera si je suis accompagnée ainsi d'un enfant illégitime, et en outre mon fils lui-même aura moins de problèmes avec Melissa qu'avec moi. Pour le moment, je représente un handicap pour son avenir... En Amérique, je ne ferai de mal à personne, et je pourrai retrouver ma dignité !

Tania devina les problèmes qu'Anna avait pu rencontrer auprès de ses voisins. Elle décida de l'aider sans porter aucun jugement.

— Mon frère va bientôt se rendre lui-même en

Amérique, expliqua-t-elle. Il aura besoin d'une aide, pour faire son ménage et sa cuisine. Vous pourriez l'accompagner ? Il trouvera toujours quelqu'un d'autre lorsque vous vous marierez...

La domestique, émue, serra la jeune Anglaise dans ses bras et l'embrassa avec reconnaissance.

— Merci, s'écria-t-elle enfin. Je prendrai soin de lui comme de mon propre frère. Et vous, vous allez pouvoir vous marier bientôt, n'est-ce pas ? Vous devez être fière d'aimer Titos...

— Oui, acquiesça Tania. Mais... ce serait mieux s'il m'aimait aussi !

— L'amour d'un homme vient avec les années, répliqua l'autre d'un ton sentencieux. Il vous a choisie pour femme, c'est l'essentiel. Que voulez-vous d'autre ?

— Il ne m'a jamais dit qu'il m'aimait, protesta faiblement son interlocutrice.

— Quelle importance ? La seule chose qui compte, c'est que *vous,* vous soyez sûre de vos sentiments.

— Oui, peut-être, admit la jeune femme, presque convaincue.

Elle retourna à sa table de travail et s'efforça de se concentrer. Peine perdue ; ses pensées s'échappaient à tout instant vers Titos. Comprendrait-il pourquoi elle n'avait pas accueilli Melissa, le matin même ? Ne risquait-il pas de se montrer furieux ?

— Kyria Tania ! appela soudain une voix. Rhéa est venue, mais elle est déjà repartie !

L'Anglaise se leva et ouvrit la porte à Anna.

— Oui ? répondit-elle. Qu'y puis-je ?

La domestique était au bord des larmes.

— M. Ross est arrivé, et elle est repartie avec lui, dans sa voiture, balbutia-t-elle. J'aurais dû vous prévenir tout de suite !

— Je ne comprends pas, murmura Tania, saisie de frayeur. Rhéa est bien trop raisonnable...

— Les Michalakis avaient dit la même chose à propos d'Elena et de votre frère ! s'écria Anna en se tordant les mains. Pourtant, ils ne se sont pas aperçus que Rhéa était tombée en essayant de monter dans leur voiture. Elle a roulé jusqu'au fond du ravin, et ils l'ont trouvée presque morte à leur retour de la caverne Idha...

Voilà donc ce qui s'était passé ! songea la jeune femme. Désirant être seuls, Elena et Fergus n'avaient pas réalisé que Rhéa essayait de les suivre à tout prix. Et l'irréparable s'était produit...

— Il est incroyable que Rhéa accepte d'y retourner, reprit Anna. Je suis folle d'angoisse !

— D'y retourner ? s'étonna l'autre. Vont-ils donc à la caverne Idha ?

— Oui, c'est ce qu'a dit M. Ross. Quant à savoir pourquoi Rhéa l'a suivi, elle qui le déteste, cela me dépasse. Si votre frère n'est pas là, il faut y aller vous-même, je vous en supplie. Autrement, les racontars ne cesseront pas.

Tania hocha la tête. Ross était certainement animé d'intentions assez louches. Il souhaitait probablement se venger de l'Anglaise sur la pauvre et naïve adolescente...

— Expliquez-moi le chemin, intima-t-elle. Je vais essayer de m'y rendre.

— Merci, s'exclama la domestique. C'était une scène tellement affreuse ! M. Ross s'est mis à crier, et Rhéa gardait le silence sans intervenir. Peut-être est-elle flattée de voir un homme s'intéresser à elle ? Pourtant, sa mère ne cesse de lui répéter combien elle sera jolie plus tard, malgré sa maladresse. Mais il n'y a rien à faire...

Elle exhala un soupir et continua :

— Pour rejoindre la caverne, il vous faut prendre la route d'Anoghia, après Heraklion. Ensuite, ce sera indiqué.

Tania frémit intérieurement . elle accordait seulement une confiance relative aux poteaux indicateurs, dont la plupart d'ailleurs étaient en grec. Les autres utilisaient l'alphabet latin, mais avec une remarquable imprécision dans l'orthographe.

— Bien, fit-elle néanmoins. Quelle marque de voiture avait M. Ross ?

Anna ouvrit de grands yeux.

— Je l'ignore, avoua-t-elle. En tout cas, c'était une grosse voiture.

La jeune Anglaise soupira : elle se voyait mal faisant la course avec une Mercedes sur les chemins pierreux de l'île. Surtout avec la minuscule Fiat d'Elena !

— Minos peut-il m'accompagner ? demanda-t-elle.

— Non, hélas, il est parti en visite avec Kyria Melissa.

Tania hésita un instant, faillit supplier la domestique de venir avec elle, puis changea d'avis. Que lui arrivait-il ? Autrefois, elle n'aurait pas hésité une seule minute à conduire seule, fût-ce pour un trajet assez long... Elle gagna rapidement sa chambre, saisit son sac et son manteau léger puis reparut et monta dans la voiture.

Elle actionna le démarreur. Le moteur ronronna doucement, et la Fiat s'engagea dans l'allée. Tania jeta un coup d'œil vers la villa Michalakis : il n'y avait personne en vue.

Bientôt, elle filait à vive allure vers Heraklion. A la sortie de la ville, elle s'arrêta pour prendre de l'essence, et grimaça en réalisant qu'elle avait emporté juste assez d'argent pour un plein. Il fallait espérer que la caverne n'était pas trop loin...

La bourgade fut traversée sans encombres, et au bout d'une demi-heure Tania trouva un poteau indiquant « Anoya ». Il s'agissait certainement d'Anoghia, et elle tourna dans la petite route qui s'ouvrait à flanc de colline.

De temps à autre, son œil exercé repérait des vestiges

archéologiques particulièrement dignes d'intérêt. Elle se promettait d'y revenir plus tard. Les cahots de la route rendaient la conduite fatigante ; au bout d'un moment, la jeune femme dut se garer et arrêter le moteur pour se reposer quelques minutes. Elle s'adossa au fauteuil et ferma les yeux. Des chèvres devaient paître aux alentours, car le tintement des clochettes parvenait distinctement. Il était tentant de paresser au soleil, mais il faudrait bientôt repartir. D'ailleurs, songea-t-elle soudain, que dirait-elle à Rhéa en la retrouvant ? Peut-être intervenait-elle dans une histoire qui ne la concernait absolument pas... Et si Titos se montrait furieux en apprenant sa conduite ?

Avec un soupir, elle fit redémarrer la voiture. Il était inutile de perdre son temps en réflexions stériles, et, en outre, il se faisait tard. Il lui fallait arriver aux cavernes avant la nuit.

Le village d'Anoghia n'était pas indiqué, mais il s'agissait sans doute du groupe de maisons poussiéreuses que l'on apercevait un peu plus haut. L'Anglaise s'arrêta devant l'une d'elles, espérant de tout son cœur trouver quelqu'un comprenant sa langue. Le premier homme auquel elle s'adressa, heureusement, en parlait quelques mots.

— Pourriez-vous m'indiquer le chemin de la caverne Idha ? demanda-t-elle.

— Oui, oui, sourit-il. Mais d'abord, il faut prendre une tasse de café avec nous. Ma femme va le préparer. Venez !

Tania leva vers le ciel un regard inquiet. Bientôt, il ferait sombre.

— Merci infiniment, mais je n'ai pas le temps... commença-t-elle.

Elle s'interrompit tant le Crétois avait l'air déçu, puis accepta l'invitation, en désespoir de cause.

— Un autre homme est-il passé avant moi ? interrogea-t-elle à nouveau. Un Anglais, avec une grosse voiture ?

— Oui, effectivement, Miss, répondit-il en ouvrant la porte de sa maison.

— Est-il passé il y a longtemps ? poursuivit la jeune femme tout en pénétrant à l'intérieur de la demeure.

— Il y a une heure, à peu près. Vous le connaissez ? Il avait un tic dans la joue !

L'intérieur de la maisonnette était assez sombre. Une femme, debout près de la table, salua dignement Tania, puis, sur une injonction de son mari, se mit à préparer du café. Le Crétois portait encore le costume typique adopté par les Grecs lors de la domination turque, terminée pourtant depuis plus de cent quarante ans ; de larges pantalons bouffants, et un turban noué autour de la tête pour se protéger de la chaleur. Il se mit à parler de sa fille, émigrée au Canada, et exhiba avec fierté les photos d'une jeune femme souriante, habillée de façon moderne et colorée. Quel contraste avec son village d'origine ! se dit Tania.

— Vous devez être très heureux pour elle, fit-elle.

Son interlocuteur hocha la tête et étala des enveloppes timbrées du Canada.

— Là-bas, elle gagne bien sa vie, expliqua-t-il. C'est plus facile.

Il rangea les photos et les lettres, puis se mit à dérouler une série de tapis anciens, souhaitant visiblement inciter sa visiteuse à en acheter un. Celle-ci secoua la tête :

— Je n'ai pas assez d'argent sur moi, souligna-t-elle. Mais un jour, je reviendrai, et je vous en prendrai un.

— Vous ne reviendrez pas, protesta l'homme tristement. Vous rentrerez dans votre pays...

— Non, détrompez-vous ! s'exclama l'archéologue. Je vais épouser un Crétois, M. Titos Michalakis.

Le paysan sursauta et lui jeta un regard incrédule ; quand il comprit qu'elle disait la vérité, il se précipita à l'extérieur pour annoncer la nouvelle à ses voisins, l'air enchanté. Tania se mordit la langue : peut-être avait-elle parlé trop vite ? Bientôt, une foule ravie se pressa à la porte, couvrant la jeune Anglaise d'une multitude de friandises et de menus cadeaux. La générosité des habitants était proverbiale ; le même mot ne désignait-il pas, en grec, « l'étranger » et « l'invité » ?

Lorsque, enfin, elle réussit à repartir, la moitié du village raccompagna triomphalement Tania à sa voiture.

— Pour aller à la caverne, prenez cette route, indiqua son hôte en pointant le doigt vers un sentier d'aspect peu engageant.

— Vraiment ? Mais il y a des travaux, on dirait.

Effectivement, des outils étaient posés dans le fossé, et on distinguait le début d'une tranchée.

— Cela ne fait rien, insista le paysan. Vous pouvez passer.

Sans insister, Tania grimpa dans la Fiat, remercia et se mit en route. Les cahots étaient plus violents qu'elle ne s'y attendait, et de temps à autre, des cailloux raclaient le plancher de la voiture. Au bout d'un kilomètre, elle se retrouva soudain nez à nez avec un bulldozer. Le conducteur de l'engin, l'air éberlué, recula lentement pour lui laisser le passage. La situation était de plus en plus inquiétante : l'état de la route empirait, le soleil commençait à décliner et bientôt il ferait nuit. En outre, les travailleurs allaient rentrer chez eux, et Tania se retrouverait seule, en pleine campagne, dans l'obscurité la plus complète.

Le sentier s'engageait dans la montagne, zigzaguant dangereusement le long des pentes escarpées. Des gravillons craquaient sous les roues et venaient heurter le pare-brise. La conductrice avait de plus en plus de mal à distinguer la route, et les derniers rayons de lumière se reflétaient désagréablement dans le rétroviseur. Maintenant le volant de toutes ses forces, Tania s'efforçait de ne pas perdre le contrôle de la direction. Cependant, elle ne pouvait s'empêcher de songer combien le spectacle du crépuscule sur les montagnes était splendide. Des bribes de poèmes décrivant la Crète, la beauté de la mer et du couchant, lui revenaient en mémoire ; mais elle les chassa pour mieux se concentrer sur sa conduite. En effet, elle était parvenue à une bifurcation. D'un côté, une route assez large semblait partir dans la bonne direction : de l'autre, un chemin muletier disparaissait vers le fond de la vallée. Tania faillit s'engager dans la première voie, mais au dernier moment elle aperçut un minuscule panneau rouillé qui indiquait « Idha » dans l'autre sens. Elle examina de plus près le minuscule sentier, la gorge sèche ; il bordait un ravin et paraissait dans un état encore plus épouvantable que celui qu'elle venait de prendre. Néanmoins, elle n'avait pas le choix, et elle accéléra en serrant les dents.

Le soleil avait presque complètement disparu, et de longues traînées pourpres soulignaient de façon menaçante le relief des rochers. Dans la pénombre, le paysage semblait désertique, presque lunaire. Il y avait juste assez de place pour la Fiat contre la paroi de la montagne, et il n'était pas question de retourner en arrière. La seule chose réconfortante, songea Tania avec amertume, était que le volant se trouvant du côté de la paroi, elle ne voyait pas le précipice de trop près...

Précautionneusement, à une allure de tortue, la jeune femme progressait mètre par mètre. De temps à autre, un morceau de rocher se détachait et frôlait de près le véhicule avant de s'écraser en contrebas, ou même sur la route. La conductrice devait alors le contourner avec soin, et priait le ciel pour que l'un d'eux ne tombe pas sur la voiture... Cela ne se produisit pas, mais elle comprit vite qu'elle n'avait pas tout prévu. Quelques instants plus tard, en effet, elle heurta un rocher qu'elle n'avait pas vu à cause de l'obscurité.

Les roues patinèrent, et finirent par se bloquer. Tania fit ronfler le moteur et tenta de reculer sans succès. Elle était bel et bien coincée au milieu de la route. Après un dernier coup d'accélérateur, elle décida de pousser la voiture. C'était la seule solution. Elle s'en extirpa difficilement et étira ses membres endoloris. A présent, le soleil avait disparu derrière les sommets, et la clarté dorée de l'après-midi était remplacée par une brume grisâtre et monotone. Les ombres s'allongeaient démesurément, et les rochers dessinaient dans le brouillard des formes grotesques.

Tania essaya d'abord de dégager le morceau de rocher. La Fiat refusa elle aussi de bouger. Epuisée, la jeune femme abandonna ses efforts, la bouche complètement desséchée par la poussière. Elle avait peur de glisser et de tomber dans le précipice ; mais elle ne pouvait pas retourner dans la voiture ; à chaque instant un éboulement pouvait la surprendre...

Il lui fallait pourtant quitter cet endroit à tout prix. Elle jeta un regard de désespoir autour d'elle. De rares étoiles piquetaient le ciel d'un mauve sombre, mais la clarté rassurante de la lune restait invisible. Devant la jeune égarée, le ruban sombre du sentier s'enfonçait dans l'obscurité. Tania, saisie d'une crainte étrange, préféra ne pas retourner jusqu'à la bifurcation. Elle se mit donc à escalader la pente ; les cailloux roulaient sous ses pieds et elle se lacérait les bras et les genoux aux arêtes coupantes. Lorsqu'enfin elle atteignit le sommet, elle était totalement à bout de souffle et des sanglots étouffés lui serraient la gorge. Elle s'essuya les yeux, se gourmandant mentalement pour se ressaisir, et chercha un endroit où s'installer pour la nuit. Les buissons de thym, à flanc de colline, offriraient probablement une couche supportable et chaude, sinon vraiment confortable.

Tania trouva le sol dur d'un contact moins désagréable qu'elle ne l'aurait pensé. Elle s'allongea, se couvrit de son manteau tout en songeant avec nostalgie à la chaleur des bras de Titos, et frissonna. Tout à coup, un bruit léger la tira du demi-sommeil où elle était plongée : c'était le tintement d'une clochette. Elle se dressa sur son séant, le cœur battant. Les chèvres étaient tout près ! Elle saisit son manteau pour s'enfuir, mais l'un des animaux s'approchait déjà. Paralysée, la jeune femme s'immobilisa. La chèvre vint tranquillement s'allonger tout près d'elle. Au bout d'un moment, elle osa la regarder, et s'aperçut alors que son étrange compagne dormait paisiblement ! D'autres chèvres arrivèrent peu à peu et s'installèrent en rond autour de Tania. Curieusement, leur forte odeur s'avérait rassurante. Au moins, il s'agissait là de créatures chaudes et vivantes, surgies de nulle part au milieu de ce désert ; et elles semblaient accepter leur visiteuse sans aucune difficulté, en toute simplicité. Peu à peu apaisée, Tania s'allongea et ferma les yeux, puis plongea dans un sommeil profond.

12

Lorsque les premières lueurs de l'aube éveillèrent la jeune femme, elle se félicita de la présence protectrice des chèvres. En effet, un vent glacial s'engouffrait dans la vallée, chassant devant lui d'épais nuages noirs qui s'accumulaient peu à peu au sommet des montagnes. Quelques secondes plus tard, un éclair fulgurant illumina le ciel, suivi aussitôt d'un retentissant coup de tonnerre. Un peu affolés, les animaux se mirent à bêler.

— Tania ! Tania ! cria une voix.

Elle leva la tête : une voix l'appelait au milieu des éclairs. Rêvait-elle donc encore ? Non, c'était une voix qu'elle connaissait par cœur...

— Je suis ici, lança-t-elle, écarquillant les yeux pour mieux voir à travers le brouillard.

Une silhouette familière grimpait la pente prestement. Quelques minutes plus tard, il se tenait debout devant elle et la dévisageait en souriant.

— La situation n'a rien d'amusant, Titos ! protesta-t-elle.

— C'est vrai, admit-il. Qu'est-ce qui vous a pris de vous précipiter ici ? Qu'espériez-vous pouvoir faire ?

Un nouvel éclair brilla juste au-dessus de la tête du Crétois. Tania ferma les yeux, submergée par l'amour qu'elle lui portait. Ils vivaient un moment extrêmement privilégié. Quelle importance si la pluie s'était mise à tomber, et les trempait jusqu'aux os ?

— Je n'arrivais pas à bouger la voiture, expliqua-t-elle.

— C'est bien ce que j'ai compris, répondit-il. Vous n'aviez pas à l'engager sur cette route pour commencer !

Tania sursauta. Serait-il fâché ?

— Anna m'a prévenu que Rhéa était partie avec Dick Ross, répliqua-t-elle, et j'ai cru bon de les suivre...

— Je sais, Fergus me l'a expliqué. Lui, au moins, a eu le bon sens de venir me trouver d'abord ! Pourquoi pas vous ?

— Votre voiture n'était pas là, protesta-t-elle. J'ai pensé qu'il serait trop tard si je ne me dépêchais pas. En outre, d'après Anna, Ross avait l'intention de se rendre à la caverne Idha...

Elle rougit et baissa les yeux, embarrassée.

Titos s'assit sur le sol à côté d'elle.

— Ma chère, fit-il avec tendresse, vous auriez dû vous rendre compte qu'aucune force au monde n'aurait pu obliger Rhéa à suivre M. Ross le long de cette route. Il l'a simplement déposée à la maison de nos cousins, où elle était attendue pour le thé avec *mama* et Minos.

Tania rougit de plus belle et resta silencieuse.

— D'ailleurs, ma mère était venue vous inviter aussi, ajouta-t-il d'un ton plus sec. Mais, apparemment, vous n'avez pas pu la recevoir...

La jeune femme s'agita nerveusement et changea de position.

— Je voulais terminer le livre, avoua-t-elle.

Titos l'attira à lui et l'enlaça, puis il lui caressa doucement la joue.

— Vous y avez beaucoup travaillé, remarqua-t-il. D'après Fergus, vous êtes épuisée...

— Fergus vous a confié beaucoup de choses, on dirait !

— Un certain nombre, admit-il négligemment. Mais cela valait mieux que de courir se perdre dans la campagne...

— Je ne suis pas perdue ! objecta-t-elle.

— Ne le niez pas, *agapi.* Ou je finirai par croire que vous l'avez fait exprès, juste pour voir si j'allais bien venir vous chercher !

Tania lui jeta un regard étonné.

— Etes-vous vraiment sûr que Rhéa n'a pas accompagné M. Ross à la caverne Idha ? demanda-t-elle.

— Non, assura-t-il. En revanche, Ross s'attendait certainement à vous y retrouver... Il avait prévu votre réaction.

— Pourquoi ?

— D'après Fergus, souligna son compagnon en la serrant tendrement, cela ne l'aurait pas beaucoup dérangé ; Ross est relativement dépourvu de scrupules. D'ailleurs, votre frère m'a étonné, je dois le dire. En effet, si je n'étais pas accouru moi-même, il était prêt à retourner à la caverne pour vous y chercher. Dieu sait pourtant qu'il doit avoir aussi peu envie que Rhéa de s'y retrouver...

— Il m'a raconté combien Elena paraissait rayonnante, le jour de leur visite, murmura rêveusement la jeune femme. Ils étaient très amoureux.

— Seulement, tout s'est très mal terminé, remarqua Titos.

Tania se pelotonna contre lui.

— A cause de Rhéa ?

Le Crétois hocha la tête.

— Oui. Elle était descendue vérifier les panneaux indicateurs ; Elena et Fergus ont alors décidé d'avancer un peu. Voyant la voiture démarrer, Rhéa a couru après, et en essayant d'ouvrir la portière elle a perdu l'équilibre puis est tombée dans le ravin. Ils ne s'en sont pas aperçus et ont continué leur route. Ils l'ont trouvée au retour, évanouie dans le précipice. A présent, elle va mieux, mais c'est un souvenir qu'elle ne parvient pas à chasser de sa mémoire.

— Ce n'était pas de la faute de Fergus, protesta Tania. Il ne savait pas...

— Il ne voulait pas savoir !

— Elena non plus !

Titos effleura du doigt les lèvres de la jeune archéologue.

— Inutile de débattre pour savoir à qui est la faute, fit-il. Le fait est là, et il explique pourquoi Rhéa ne risquait pas de revenir ici. Nous aurions probablement dû vous raconter l'histoire beaucoup plus tôt, mais c'est un sujet désagréable à aborder ; en outre, je préférais ne pas me souvenir du lien de parenté vous unissant à Fergus Drummond... Je l'ai peut-être blâmé trop violemment, mais ce jour-là il a fait du mal à mes deux sœurs, et ce sont des choses difficiles à oublier.

Tania leva vers lui de grands yeux.

— Pourtant, vous m'avez pardonné, dit-elle à voix basse. Ne pourriez-vous lui pardonner aussi, pour l'amour de moi ?

— Je l'ai déjà fait presque complètement il y a quelques heures, lorsqu'il est venu me signaler votre départ, et me demander de partir à votre recherche. Il a ajouté : « Rendez-la plus heureuse que je n'ai rendu Elena. » J'ai été touché. Il vous aime beaucoup, en fait...

Son interlocutrice eut un sourire radieux. Ces paroles lui causaient un plaisir infini.

— Il a vraiment dit cela ? C'est merveilleux, chuchota-t-elle enfin.

— Je lui ai répondu que j'avais bien l'intention de vous rendre heureuse, ajouta Titos. Vous serez la femme la plus comblée de toute la Crète !

Tania éclata de rire et enfouit son visage contre l'épaule de l'homme.

— *S'agapo poli,* prononça-t-elle timidement, d'une voix presque inaudible.

Son compagnon resta immobile, et elle se demanda s'il l'avait entendue. A côté d'eux, les chèvres commençaient à s'agiter, rejoignant peu à peu le berger qui les appelait.

— Je n'aurai plus jamais peur d'elles, reprit Tania en les désignant. Je pourrais même apprendre à les traire, je pense.

Un long silence s'ensuivit. Puis Titos reprit la parole :

— Qu'avez-vous dit ? demanda-t-il.

— J'ai dit que je n'aurai certainement plus peur des chèvres...

— Mais non, coupa-t-il. Répétez ce que vous avez murmuré juste avant.

— Oh ! s'exclama-t-elle. N'avez-vous donc pas compris ?

Elle rougit et garda le silence, incapable de répéter la petite phrase grecque.

— Je n'y arrive pas, avoua-t-elle enfin.

— Je vous en prie, supplia-t-il. J'ai tellement envie de l'entendre...

— Je croyais que vous saviez déjà.

— Moi, oui ! Mais je pensais que vous l'ignoriez encore, Tania *mou.* Qui donc vous a appris cette expression ?

— *Mama.* Elle m'a aussi suggéré de l'appeler ainsi...

— Elle a eu raison, approuva-t-il.

Il se pencha et déposa un léger baiser sur les lèvres de sa compagne.

— Quand donc allez-vous m'épouser, ma chérie ? poursuivit-il d'une voix caressante. Dois-je attendre encore longtemps ?

Tania agrippa nerveusement les revers de son manteau.

— Je n'ai pas tout à fait terminé le livre, avoua-t-elle.

— Maudit livre ! grommela Titos.

Il soupira et resserra son étreinte.

— Cependant, vous ne changerez pas d'avis, n'est-ce pas ? ajouta-t-il anxieusement. Assurez-moi encore une fois que vous deviendrez bien ma femme...

— Je vous le promets, sourit-elle. Je vous aime depuis longtemps, Titos. Probablement depuis la première fois où vous m'avez embrassée, à Mallia, sous l'orage...

— Mais pourtant, vous m'aviez assuré ne jamais vous marier sans amour réciproque, insista-t-il.

Tania, étonnée de sa propre audace, lui frôla doucement la joue de la main.

— C'est vrai, admit-elle. Mais j'ai changé d'avis. Cela m'est égal si vous n'éprouvez pour moi aucun sentiment particulièrement romantique. Je vous aime tellement que je suis prête à tout... Peut-être les Crétois ne ressentent-ils pas de gand amour pour leurs épouses, mais seulement une simple estime... mis à part le désir, naturellement.

A sa grande surprise, Titos éclata d'un rire franc.

— Ma chère Tania, s'écria-t-il, quelle enfant vous faites ! Si je n'avais ressenti envers vous qu'un simple attrait physique, je ne vous aurais certainement pas demandée en mariage ! Je vous aurais fait une proposition d'un genre tout différent, et j'aurais probablement réussi à vous convaincre d'accepter... Cela m'aurait d'ailleurs permis de ne pas vous mêler aux histoires de famille ! Et surtout, cela m'aurait évité d'avoir à fréquenter votre frère...

— Il part pour l'Amérique, lui apprit-elle d'une toute petite voix.

Titos ne lui avait toujours pas dit expressément qu'il l'aimait. Peut-être ne le lui dirait-il jamais...

— Anna l'accompagne, si j'ai bien compris, dit-il. Grâce à votre intervention, également !

— N'est-ce pas préférable ? plaida-t-elle. Elle se retrouvera moins seule et aura le temps de se retourner. Quant à Fergus, je tiens à le savoir bien nourri ! Il sera entre de bonnes mains.

Titos esquissa un sourire ironique.

— Seulement, Anna lui rappellera Elena en permanence, et il n'en sera pas enchanté s'il souhaite tout oublier et recommencer à zéro. Il aime avoir bonne opinion de sa personne, et supporterait mal la présence constante d'une « mauvaise conscience » incarnée...

Tania nota mentalement la véracité de ces affirmations. Fergus avait certainement aimé Elena mais il ne pouvait pas rester longtemps malheureux ; il chasserait, un jour ou l'autre, tous ces souvenirs pénibles.

— Anna aura ainsi un appui, dans ce grand pays... s'obstina-t-elle cependant.

— Nous avons de la famille, là-bas, objecta Titos. Ils l'auraient accueillie...

— Ai-je donc tout gâché ?

— Non, car la famille connaît son histoire, et cela l'aurait peut-être empêchée de trouver un mari.

— Alors, pourquoi me reprocher d'intervenir ? fit chaudement la jeune femme.

— Simplement parce que je ne veux pas que vous preniez les décisions à ma place, rétorqua son compagnon, et je tiens à vous le faire comprendre clairement. Je ne vous épouserai pas pour que vous dirigiez ma maison, ma chère. Je vous épouserai parce que vous êtes la femme dont j'ai besoin, vous et aucune autre. Vous êtes totalement mienne, Tania Drummond, et vous partagerez profondément ma vie... Mais vous saurez me laisser la responsabilité de contrôler les événements lorsqu'il le faudra, car vous me ferez confiance !

— J'accepte, murmura-t-elle dans un soupir heureux.

Elle fit une pause et ajouta :

— Est-ce... l'amour, que vous m'offrez ?

— Ma forme d'amour personnelle, acquiesça-t-il en hochant la tête.

Tania ferma les yeux, le cœur gonflé de joie. Elle aurait aimé être embrassée à nouveau, afin de sentir le sol se soulever et le tonnerre résonner à ses oreilles... Tout d'un coup, une idée lui traversa l'esprit, et elle demanda :

— Solliciterez-vous auprès de Fergus qu'il serve de *Koumbaros* à notre mariage ?

— Fergus ? s'exclama Titos, éberlué, presque scandalisé.

— Mais oui, pourquoi pas ? Puisqu'il se rend en Amérique, il n'interviendra pas dans notre vie. Et puis, ce serait une excellente manière de lui faire comprendre que vous ne lui en voulez plus...

— Je vous ai priée, il y a une minute, de ne pas prendre de décisions à ma place ! explosa son compagnon.

— Titos, s'il vous plaît... supplia-t-elle, une lueur légèrement amusée dans le regard.

— Bon, grommela-t-il. Mais à une condition ; je choisis la date de la cérémonie, livre terminé ou non ! C'est d'accord ?

— Tout à fait, assura-t-elle. D'autant plus que le manuscrit est presque entièrement rédigé !

— En outre, j'aimerais parler moi-même à Fergus. Ne le prévenez pas avant.

— C'est promis.

Le visage du Crétois s'éclaira soudain, et il l'embrassa tendrement.

— Je ne serais pas toujours aussi facile à convaincre, murmura-t-il. Soyez prudente !

Elle répondit à son sourire, amusée par la façon dont il essayait de paraître sévère. Les gouttes de pluie s'obstinaient à ruisseler sur son visage, mais elle les sentait à peine.

— Merci, fit-elle enfin. Je serai heureuse de la présence de mon frère. Cela me donnera l'impression que mon passé, en quelque sorte, bénit mon futur... vous comprenez ?

— Oui, dit simplement Titos.

Il se pencha en la dévisageant tendrement, l'air extrêmement sérieux, puis il posa ses lèvres sur les siennes en un baiser passionné. Tania ne sut jamais si le tonnerre qui éclata à ce moment-là était celui de l'orage, ou bien celui du sang battant à ses tempes... Elle répondit avec abandon aux chaudes caresses de son compagnon, les sens enflammés. Au bout de quelques minutes, un feu tellement ardent brillait dans les yeux de Titos qu'elle frissonna et supplia :

— Non... pas maintenant, je vous en prie. Pas encore...

— Que craignez-vous ? fit-il durement. Que je vous demande d'aller trop loin ?

— Non, rassura-t-elle. Je vous fais confiance. Je n'ai pas peur de vous, Titos. Simplement, j'aimerais être pour la première fois dans vos bras ailleurs que sous la pluie battante, entourée de chèvres...

Le visage du Crétois se dérida et s'éclaira d'un sourire. Il effleura délicatement les cheveux de la jeune femme.

— Vous êtes belle, même sous la pluie, répliqua-t-il. Et je dois dire... que je vous aime, Tania *mou.*

Tania ferma les yeux, submergée de bonheur. Enfin, il avait prononcé ces mots à son tour...

Sans plus échanger une parole, main dans la main, ils se levèrent et regagnèrent la voiture de Titos. Celui-ci jeta au passage un regard sur la Fiat, toujours bloquée au milieu du sentier.

— J'enverrai un dépanneur, annonça-t-il. Mais une chose est sûre : M. Ross n'a pas intérêt à se retrouver sur mon chemin, ou bien il lui en cuira !

— Ce n'est pas très grave, objecta Tania.

— Pas grave ? s'exclama-t-il avec fougue. Je ne suis pas tout à fait d'accord ! Non seulement vous avez passé la nuit seule, dehors, mais en outre vous auriez pu tomber dans le précipice, comme Rhéa ! Vous avez dû être terrorisée...

— Pas trop, fit-elle d'un ton léger. A vrai dire, je me suis même accoutumée aux chèvres. Vous le voyez, je serai bientôt aussi courageuse qu'une véritable Crétoise !

L'orage s'était éloigné, mais la pluie redoublait d'intensité, et des trombes d'eau faisait couler de véritables torrents de boue sur les pentes. Ils coururent pour se réfugier dans la voiture de Titos, et celui-ci démarra aussitôt.

— Dépêchons-nous, dit-il. Le garage d'Iraklion doit être ouvert, mais auparavant je vais demander aux ouvriers qui travaillent plus haut de venir mettre la Fiat sur le bas-côté.

— Est-elle très abîmée ? s'inquiéta Tania.

— Non, je ne crois pas ; mais je tiens à la faire vérifier avant que vous ne vous en serviez à nouveau.

— Mais ce n'était pas ma voiture, protesta-t-elle timidement. Et Rhéa sera bientôt assez âgée pour l'utiliser.

Il sourit et glissa un bras autour de ses épaules.

— Rhéa peut attendre, expliqua-t-il. Elle sera mariée avant de savoir conduire, et de toute façon, son mari lui fournira une voiture si besoin est. Vous, vous aurez certainement envie d'explorer l'île, telle que je vous connais, et la Fiat vous sera indispensable.

— Me permettrez-vous donc de me promener ainsi,

à ma guise ? interrogea l'Anglaise, surprise. Je pensais que vous m'ordonneriez de rester sagement à la maison, à vous attendre...

— Lorsque je souhaiterai vous trouver à la maison, rétorqua-t-il avec une touche d'ironie, je vous le ferai comprendre. Mais cette maison sera votre foyer, pas votre prison. Profitez de votre liberté tant que nous n'avons pas d'enfants ! Par la suite, vous aurez moins l'occasion de partir en excursion...

— Je ne sortirai pas souvent sans vous, admit-elle. L'expédition à Knossos était mortellement ennuyeuse, uniquement parce que vous n'étiez pas là. En revanche, j'ai adoré Phaestos... et surtout Mallia !

— Vraiment, ma chérie ? J'en suis heureux. Il y a quelque chose de magique dans ces ruines de Mallia, tapies entre les collines et la mer, n'est-ce pas ? Même une archéologue moderne et britannique s'en est aperçu !

— C'est vrai, reconnut-elle en souriant. Une magie qui rappelle celle du « Songe d'une nuit d'été », de Shakespeare...

— Seulement, nous ne vivons pas un songe passager, conclut Titos avec humour, mais l'enchantement de toute une existence !

Fergus s'acquitta avec un sérieux irréprochable de ses devoirs de *koumbaros,* pendant toute la cérémonie du mariage. Il maintint la couronne de fleurs sur la tête des époux, puis répondit en grec sans se tromper aux questions rituelles. Ensuite, tout le monde regagna la villa Michalakis pour le banquet et les danses, et il prononça un discours plein d'esprit, dans lequel il souhaitait bonne chance au nouveau couple. Sa voix avait un tel accent de sincérité que Kyria Melissa le serra dans ses bras avec émotion.

— Je prends l'avion demain matin, confia-t-il à sa sœur dans la soirée, alors qu'elle se reposait après un *sirtaki.* Et avant de partir, j'aimerais solliciter une faveur : pourrais-tu appeler ta première fille, Elena ?

— Bien sûr, approuva-t-elle. D'autant plus qu'en tant que *koumbaros,* tu en seras le parrain. Cela te donnera une occasion de venir me voir en Crète !

— Entendu ! fit Fergus en souriant.

Il considéra sa sœur d'un air pensif, comme s'il la voyait pour la première fois.

— Tu es heureuse, tu me l'assures, n'est-ce pas ? demanda-t-il. Sinon, j'aurais pu t'emmener aux Etats-Unis...

Tania secoua la tête, les joues roses de plaisir devant le spectacle de son mari sur la piste de danse.

— Je ne pourrais pas vivre sans Titos, Fergus ! Mais je serai toujours extrêmement contente de te voir.

Elle s'assombrit soudain, remarquant le teint pâle et les traits tirés de son frère.

— Prends soin de toi, ajouta-t-elle. Et aussi d'Anna, car elle sera très démunie et aura besoin de soutien, au début.

— Ne t'en fais pas ! promit-il. Je lui apprendrai même à écrire l'anglais, si elle ne le sait pas encore, afin qu'elle puisse te donner de nos nouvelles !

Tania le regarda avec affection et posa une main sur son bras.

— Je tiens à t'exprimer toute ma reconnaissance, Fergus, dit-elle simplement. Je penserai souvent à toi.

Le jeune homme eut un léger rire.

— Pas trop, j'espère, souligna-t-il d'un ton plaisant. Car ton mari vient en premier !

Tout s'arrangeait donc au mieux, songea Tania avec un soupir d'aise. La veille, Rhéa lui avait expliqué que Dick Ross n'avait jamais eu l'intention de se rendre à la caverne Idha, et qu'il rentrait simplement à son hôtel.

— Et en outre, avait-elle continué avec indignation, je ne l'aurais suivi en aucun cas !

La jeune Anglaise avait dû, pour se justifier, lui faire part de ses soupçons envers Dick Ross. Cependant, le bon sens de l'adolescente soulageait son esprit.

— Titos était furieux, avait conclu cette dernière. Mama lui a dit en plaisantant qu'il était temps qu'il se marie !

A présent, pensa Tania, ils étaient bel et bien mari et femme. Rhéa l'avait accompagnée dans la chambre nuptiale pour l'aider à ôter sa robe de mariée. De temps à autre, l'électricité était coupée à cause de l'orage, et plusieurs bougies avaient été disposées dans la pièce. A la douce lueur vacillante, Tania revêtit la chemise de nuit brodée que Melissa avait cousue elle-même.

— Bonne nuit, *athelfi mou,* dit gentiment Rhéa en l'embrassant avant de sortir.

La jeune épousée se glissa dans le lit et la masse soyeuse de ses cheveux se répandit sur l'oreiller. Un bruit de pas, à la porte, la fit sursauter.

— Titos ? demanda-t-elle.

— Qui serait-ce d'autre ? fit ce dernier en pénétrant dans la chambre.

Il se pencha sur elle, ses yeux noirs reflétant la flamme des bougies. Jamais il n'avait paru aussi beau : ses cheveux de jais ondulaient légèrement autour des tempes, et ses lèvres bien dessinées avaient perdu leur expression moqueuse.

— Avez-vous eu un heureux mariage ? interrogea-t-il doucement.

Elle hocha la tête, la gorge trop serrée pour parler. Titos sourit tendrement :

— Fergus est un excellent *koumbaros,* reprit-il. Lui avez-vous dit au revoir comme il le fallait ?

Il ne parlait pas seulement du départ de son frère aux Etats-Unis, elle le savait : il faisait également allusion au fait qu'elle entrait dans une nouvelle vie, et qu'un autre homme en occuperait le centre...

— Oui, murmura-t-elle. Il m'a souhaité bonne chance. Il a compris que vous étiez le premier dans mon cœur, mon chéri.

Elle tendit les bras vers lui, et il l'enlaça.

— Vous me répéterez cela souvent, n'est-ce pas ? chuchota-t-il. Car j'ai mis entre vos mains mon honneur et ma fierté, de même que vous avez mis votre existence et votre bonheur entre les miennes...

— Je ne suis plus une Drummond, Titos, assura la jeune femme. Je suis une Michalakis, et je ne trahirai jamais votre nom.

— N'allez-vous pas vous sentir seule, loin des vôtres ? s'enquit-il avec une voix teintée d'inquiétude.

— Non, promit-elle, car désormais les vôtres sont les miens. Autrefois, j'étais souvent solitaire, et j'ai trouvé une véritable famille. Si vous saviez à quel point je vous aime ! Comme je voudrais vous le faire comprendre !

— Nous sommes ensemble... jusqu'à ce que la mort nous sépare, répondit-il à voix basse.

Puis il posa sur ses lèvres un baiser qui scellait leur amour pour l'éternité promise.

LE MOIS PROCHAIN DANS
SERIE CLUB

Nº 169
La mer n'était pas loin
Lucy Gillen

Nº 170
Magie bleue
Flora Kidd

Nº 171
Un matin, sur une plage
Mary Wibberley

Nº 172
A l'ombre de l'amour
Elizabeth Hunter

Nº 173
Le château de la sorcière
Anne Mather

Nº 174
La toile mystérieuse
Catherine Shaw

Les Prénoms Harlequin

TANIA

fête : 12 janvier couleur : bleu

Fière et indépendante, celle qui porte ce prénom pose sur le monde qui l'entoure le regard aigu du lynx, *son animal totem. Peu de détails lui échappent : c'est une passionnée de la contestation, impitoyable envers les principes... des autres ! Elle manie avec une aisance égale l'humour et l'ironie, mais cette adorable amazone est loin d'être insensible, et son émotivité lui joue des tours parfois bien surprenants...*

Ainsi, Tania Drummond finit elle aussi par déposer les armes et se laisser guider par son amour pour Titos.

Les Prénoms Harlequin

TITOS

Prénom d'origine latine — et notamment d'un empereur romain — il accorde à celui qui le porte autorité et volonté de commandement. Pourtant, s'il aime « régner » sur son entourage, il exerce son pouvoir avec justice et équité, et se préoccupe constamment du bonheur de ses proches. D'ailleurs, son esprit ouvert et cultivé constitue une garantie sûre contre ses tendances de monarque absolu !

Si Titos Michalakis n'échappe pas à la règle, il se laisse néanmoins conquérir par Tania, la belle étrangère…

Prenez votre bloc !

Chères amies,

Le bloc-notes du mois n'est pas le mien, mais le vôtre ! Vous pouvez vous y exprimer en toute liberté à propos des livres de la Série Club. Nous dire ce que vous en pensez, ce que vous ressentez en les lisant, ce qu'ils vous apportent sur le plan personnel… ou sentimental.

Nos auteurs lisent avec une grande attention votre courrier et en tiennent compte dans l'écriture de leurs romans. Aussi avons-nous vraiment besoin de vos avis. Et puis, Harlequin étant une grande famille il est normal que vos avis puissent être confrontés… car vous n'êtes pas forcément d'accord avec tel jugement sur un livre, telle critique — ou tel compliment — sur un autre…

Aussi, prenez votre bloc, votre plus belle plume… et envoyez-moi un petit mot, même très court. Il nous aidera à mieux vous connaître… à mieux nous connaître.

Chaque lectrice dont la lettre a été sélectionnée recevra un beau cadeau de la Série Club. Pourquoi pas vous ?

Juliette Lucine

Lucine

Le bloc-notes du mois

Je me permets de vous écrire tout d'abord pour vous dire un grand bravo pour la Série Club qui paraît tous les mois.

J'ai seize ans et avec trois autres membres de ma famille nous lisons tous les mois la Série Club. Nous l'aimons beaucoup car elle nous permet de nous évader dans un monde complètement différent du nôtre et nous fait oublier problèmes et soucis de la vie quotidienne. Encore une fois bravo! Mais mon but était de vous poser une question : j'aimerais savoir si un jour nous verrons les livres Harlequin en film. Je pense que l'on devrait faire partager à tout le monde nos joies en lisant Harlequin et comme tout le monde ne lit pas les romans d'amour ça serait une bonne idée... qui ferait rêver tous les gens en leur faisant oublier leurs problèmes.

Nadine Barbin
Bossendorf. (Bas-Rhin)

Quelle bonne idée Nadine! Encore faut-il qu'un producteur de cinéma ait la même idée que vous... Mais rien n'est impossible.

Juliette Lucine

Achevé d'imprimer en janvier 1982
sur les presses de l'Imprimerie Bussière
à Saint-Amand (Cher)

— N° d'imprimeur : 1476. —
— N° d'éditeur : C 168. —
Dépôt légal : 1er trimestre 1982.
Imprimé en France